Maria Borrély

Das letzte Feuer

Roman

Aus dem Französischen
von Amelie Thoma

kanon verlag

Dieses Dorf, das da oben auf dem abgewetzten Bergrücken mit dem Geröll verschmilzt, ist Orpierre-d'Asse. Gott allein weiß, wie man dort hinkommt. Besonders die Karren.

Für die Tiere ist es eine Plackerei.

André, der Fuhrmann, der einmal alle vierzehn Tage hochfährt, um den Kramladen der Anna zu beliefern, kann ein Lied davon singen. Wer Lust hat, ihn fluchen zu hören, muss ihn nur darauf ansprechen … Das Pferd ist schon vor den ersten Häusern am Ende. Es hat mehrmals angehalten, um Atem zu schöpfen.

Kurz vor dem Dorf sind die beiden schlimmsten Stellen: die Biegung am Heiligenhäuschen, mit der vom Wind geknickten Zypresse, und die an der Eberesche überm Abgrund.

An der ersten angelangt, pfeift der André auf zwei Fingern, und der Clermond Gilly kommt mit zwei Vorspanntieren, rutschend und mit allen vier Eisen Funken schlagend auf den Felsen, die blank sind wie der Rand eines Weihwasserbeckens.

Etwas, das dem kleinen staubigen Sankt Rochus in der Nische hinter dem rostigen Gitter sicher nicht gefällt, sind der Hagel Gotteslästerungen, die Hiebe mit Peitsche und Sesel, die auf das Gespann niedergehen. Ein Donnerwetter. Es klingt wie Steinschlag in der Schlucht, und das Echo wirft es zurück … Die Zähne zusammengepresst, bohrt der André die Spitze seines Messers, das er mit blutigem Daumen hält, dem Stangenpferd in den Schenkel, trommelt mit der Faust auf seinen hübschen Kopf, tritt ihm gegen die Fessel, nähert sich dann dem Ohr, in das er hineinbeißt, und da legt sich das Tier noch einmal so energisch ins Geschirr, dass sie im Trab die Stelle passieren, während der Mann Blut und Haare spuckend hinterdrein rennt.

Das Halsgeschirr im Fleisch, die schweißtriefenden schwarzen Kruppen weiß vor Schaum, läuft den drei Pferden der Geifer von den Kandaren, sie straucheln mit weit aufgerissenen, verdrehten Augen, gehen in die Knie.

Der Clermond ist hinten mit einem großen Stein, um, wenn nötig, das Rad zu blockieren.

Ganz zu schweigen davon, dass man die Tiere unmöglich dazu bringt, geradeaus zu laufen: Sie bewegen sich im Zickzack von einem Rand des Wegs zum anderen. Bei der Eberesche, da wo die Schlucht abstürzt, zerren die beiden Männer mit gespannten Muskeln und feuerroten Wangen wie besessen an den Trensen. Die Brust der Tiere hängt ganz überm Abgrund. Es scheint, als wollten sie hundert Meter in die Tiefe springen … Dem André und dem Clermond bricht jedes Mal der kalte Schweiß aus …

In der Gasse ist die Luft weniger frisch als auf dem Weg über den Hügel.

Der André hält vor dem niedrigen, von Fliegendreck getrübten Schaufenster mit seiner immer gleichen Dekoration, dem Geranientopf, den Packungen schwarzer Schnürsenkel, dem Reklameschild für Éclipse-Schuhwichse, der Pâte-de-verre-Zuckerdose in Form eines Pinienzapfens, dem Wasserkrug in Form eines Hahns.

»Ist jemand da oder ist niemand da?«, ruft er, so laut er kann.

Er ist in Schweiß gebadet und mörderischer Laune.

Die Anna, ein altes, dürres Weib, eilt geschäftig herbei. Unter ihrer Bluse zeichnet sich die Korsage ab. Sie hat den fahlen Teint der Krämer, lächelt, so gut sie kann, mit ihren drei Zähnen.

Vom Karren runter wirft der André Seife, Zucker, getrocknete Feigen, Kabeljaupackungen in den Laden. Die Kiste mit Orangen geht entzwei. Die Früchte rollen in alle Ecken des Geschäftes.

Die Anna läuft zwischen dem Karren und der Tür hin und her, stellt die Pakete ab, wiederholt in einem fort:

»André! André!«

Er poltert:

»Was ist? Glauben Sie etwa, das geht ewig so weiter, mit dieser Schinderei? Meinen Sie, ich komm noch lange hier herauf in Ihr elendes Kaff?«

Die heilige Jungfrau bekommt ihr Fett weg, er flucht, schäumt wie ein Wildbach. Die Frauen, die vorbeigehen, scheinen es eilig zu haben.

Als sie fertig sind, besänftigt die Anna ihn mit ihrem alten Obstbrand, den sie ihm im Hinterzimmer in dem kleinen blauen Glas mit dem gesprungenen Fuß serviert, welches sie zwei Mal vollschenkt.

Jedes Mal schiebt sie ihm die Zuckerdose hin, damit er ein Bröckchen in seinen Schnaps tunkt, was er jedes Mal ablehnt.

In der Ecke neben dem kleinen Fenster, die Ellbogen auf den blank gescheuerten Backtrog gestützt, der als Truhe dient, sitzt die Pélagie Arnaud, Annas Schwester, mit ihrer Enkelin Berthe von vier Jahren. Zwischen die Beine der Pélagie geschmiegt, beäugt das Kind den André argwöhnisch.

Die Anna schließt hinter sich die Glastür zum Laden, aus Diskretion und wegen des Luftzugs: Der Mann ist in Hemdsärmeln, das Büschel roter Brusthaare im Freien. Sein Kopf glüht, er badet noch immer in Schweiß. Das Glas zittert in seiner Hand.

Im wilden Duft des Buchsbaums, unterhalb des Dorfes und von weiter oben kommend, liegt gewunden wie eine Schlange dieses Schreckenstal der Terres-Rompues mit dem Riou-Sec, der alles Land der Bewohner von Orpierre-d'Asse gefressen hat.

Riou-Sec – Trockener Bach? Er könnte ebenso gut Wolf oder Geier heißen ...

Niemand wohnt hier und niemand kommt vorbei. Außer den Jägern. Wind und Asse rauschen einstimmig. Dazu manchmal das dumpfe Donnergrollen eines weiteren Stücks, das abstürzt ...

Mittendrin das gewaltige Trümmerfeld mit seinen in der Hitze sengenden, rundgeschliffenen Steinen, die aufgehört haben zu rollen. Seit Jahr und Tag schon sind Schilf und Binsen vertrocknet. Keine silbrige Espe flimmert hier mehr.

Vier Pappeln, die die Zwergeichen überragen, vergilben und sterben vollends dahin. Eine dicke, noch aufrechte, aber zu drei Vierteln entwurzelte Eiche krümmt Armen gleich fünf mächtige Wurzeln, die nur mehr leere Luft umfangen.

Der Riou hat die Wiese gefressen, die hoch zwischen den großen Felsen hing, mit dem Schuppen und der Einfassung aus Pinien, er hat sich die schrägen Weiden einverleibt, die im Frühling errötenden Pflaumen- und Pfirsichbäume; verschlungen die kugeligen, in die Milde des Südhangs gekauerten Olivenbäume und die alte schwarze Brücke mit dem Rundbogen und die beiden Holzstege, den Brunnen neben den großen Platanen und die Hütte mit dem sonnenversengten Dach unter den Feigen und Weiden.

Und da liegt er nun tot in seinem steinernen Auswurf, der sich unten trichterförmig weitet bis zur tosenden Asse.

In den Nachbardörfern nennt man die Leute aus Orpierre-d'Asse für gewöhnlich die Schmalhänse.

Jeder lebt dort mit seiner Bedrängnis und seinen Schulden. Die Wege ziehen sich. Man schränkt sich ein, so gut es geht. Wer ein Schwein mästet, muss beide Schinken und Schultern hergeben. Man verkauft sämtliche Eier, alle Kaninchen, das Beste von Most, Weizen, Öl.

Sie verwöhnen sich auch nicht mit Worten. Das Wenige, was ihnen über die Lippen kommt, ist bitter wie Absinth. Jedes Jahr sagen sie wieder: Das ist ein schlechtes Jahr!

Der Gerstenacker von den Amable Arnoux' ist gerade in die Schlucht gestürzt. Auch die Eberesche ist hinunter mitsamt ihrer Scholle. Drei Ölbäume hat es umgerissen.

»Wo die Asse sich schon nach und nach das ganze Maisfeld geholt hat«, sagt der Amable.

»Und aus den Erdäpfeln ist auch nichts geworden, bei der Dürre«, fügt seine Frau hinzu.

»Die Saat ist hin.«

»Wir werden das trächtige Schaf verkaufen müssen, zusammen mit den Zicklein, um das Ferkel und die Steuern zu zahlen.«

»Und wovon zahlen wir den Arzt?«

Nebenan nagen die Trichauds am Hungertuch. Die Séraphine würde Justins Mélie gern das Maß Mehl zurückgeben, das sie ihr schuldet. Die Mélie hat schon zwei Mal danach gefragt.

Die Alten leben fast alle vom Mausen.

Über die Pélagie Arnaud jedoch hat man sich nie etwas erzählt.

»Die brave Frau«, sagt die Mélanie Ricard, »man muss es ihr hoch anrechnen, dass sie die Kleine aufzieht, in diesen Zeiten.«

Die Flavie Roux wagt sich nicht mehr am Haus der Gillys vorbei, weil sie ihnen sechzig Francs schuldet.

»Weißt du«, sagt sie zu ihrem Mann, »es ist kein Vergnügen, zur Anna zu gehen, wir haben viel anschreiben lassen, sie zieht ein Gesicht.«

Noch dazu, obwohl es nur eine Handvoll Häuser hat in Orpierre-d'Asse, verstehen sie sich nicht, sie haben einander gefressen, die Hälfte des Dorfes sieht die andere scheel an. Es gibt nichts als Zank, Hader und Prozesse, denn wenn die Krippe leer ist, streiten die Ochsen.

Das Schlimmste ist der Wassermangel.

Das obere Tal des Riou-Sec ist tot. Die nackte Erde scheint zu klagen, nach Bäumen lechzend, verlangt sie Eichen, Tannen und Zedern, erfleht Zypressen und Lilien … In dieser Heimat rieselnden Sandes ist der Wind infernalisch. Man nennt die Gegend Brama-Fam, Hungerschrei.

In Brama-Fam haben die von Orpierre-d'Asse ihre Quelle. Früher munter wie ein Gespann Ochsen, gibt sie jetzt so gut wie nichts mehr her. Man nennt sie auch die Dreißig Tropfen. Und zu allem Überfluss hat noch der Dominique, der alte Schäfer, immer wieder auf dem Weg von Brama-Fam zum Dorf die tönerne Leitung aufgehackt, um seine Tiere zu tränken. Als sie wie die Wölfe über ihn herfielen, verteidigte er sich:

»Was sollte ich machen? Wenn man nicht mehr ein noch aus weiß, dann kommt man dahin. Ihr hättet es ebenso getan!«

Das Vieh ist rar. Wer zehn Schafe hatte, hat nur noch fünf oder drei.

Sie nutzen den Ginster der Ruinen für Streu und Misthaufen, ästen die Eichen aus, um dem Vieh die Blätter zu fressen zu geben, und diese Bäume am Rand der steinigen Wege, der trockenen Felder oder Schluchten wachsen krumm und knorrig wie Ungeheuer.

Auf der dicken, runden Platte aus schwarzem Nussbaum vergießt die kleine alte Zinnlampe ihr öliges Licht. Es erhellt gerade den Rand des Tisches und den Kamin unter dem breiten Rauchfang. Der Rest liegt im Dunkeln.

Heute essen die Pélagie Arnaud und ihre Berthe nur einen kleinen Happen zu Abend, sie setzen sich gar nicht erst an den Tisch, decken die schweren gelben Steingutteller nicht auf.

Sie sind an die Feuerstelle gerückt, wo widerstrebend ein Eichenast brennt. Man spürt die Wärme nicht, die Fliesen sind eiskalt unter den Füßen.

Nachdem sie das Brot geschnitten hat, tastet die Pélagie im Halbdunkel des Kastens nach den weichen, duftenden Vogelbeeren auf ihrem Strohbett und kommt wieder ans Feuer, um sie mit der Berthe zu teilen.

Die Kleine beginnt mit den Beeren, dann hält sie der Pélagie ihren harten Brotkanten unter die Nase und sagt:

»Das ist verschimmelt.«

»Weißt du denn nicht, dass man Groschen findet, wenn man schimmliges Brot isst?«

Die Alte hat für sich selbst nur ein kleines Stück zurückbehalten. Um den Hunger zu narren, kaut sie lange auf jedem Bissen, bis er süß schmeckt.

Sie bückt sich, um ein Bröselchen aufzuheben, das die Berthe hat fallen lassen.

»Alle Brosamen, die wir verlieren, müssen wir, wenn wir einmal tot sind, mit den Augenlidern auflesen …«

Jetzt bindet sie der Kleinen das gestrickte, wollene Häubchen, das die Ohren gut bedeckt, fest um den Kopf.

»Gehen wir zum Sosthène?«

Vor dem Hinausgehen vergisst Pélagie nicht, das glimmende Eichenscheit aus dem Feuer in den Wassereimer zu tauchen, wo es zu singen anfängt.

Draußen ist es nicht kalt, doch der Himmel ist trüb, Feuchtigkeit liegt in der Luft. Die Sterne glänzen nicht.

Man meint Wind zu hören ... einen starken, gleichmäßigen Wind, doch es ist nur das beständige Rauschen der Asse.

Die Küche vom Sosthène Ricard ist groß. Es ist gemütlich dort, in der Mitte steht der Ofen mit dem langen gebogenen Rohr und strahlt Wärme aus. Es sind brave Leute. Die Pélagie tritt mit der Berthe ein, ohne zu klopfen.

Die Mélanie Ricard hat eine dicke Backe, einen Schal um den Kopf, an der Schläfe ein rundes, graues Stück Papier: ein Fliegenpflaster, das die Zahnschmerzen herauszieht.

»Das war der mächtige Wind letzte Woche«, erklärt sie der Pélagie.

Auf dem niederen Steinrand des Kamins hockt die Berthe mit der Rosine Arnaud und der Guite Roux, den Enkelinnen vom Sosthène und der Mélanie. Leise und mit unterdrücktem Kichern spielen sie Faust-Fäustchen: Faust, Fäustchen, was ist drin. Brot und Knoblauch ...

Es kommen Flaminius und die Ide, seine Frau, gefolgt vom Hilarion und der Augustine Amiel.

»Guten Abend alle zusammen«, sagen die einen wie die anderen.

Die Küche ist voll schwerer, eingeweichter Weidenruten, die auf die Fliesen tropfen. Der Flaminius flicht zwei Mal so schnell wie ein anderer. Er sitzt am Boden auf einem Sack. Der Korb dreht sich zwischen seinen Beinen. Man kann zusehen, wie er wächst.

In Orpierre benutzen sie so viele Körbe, wie ein Priester weihen kann. Es sind grobe Körbe, die zum Transport der Steine dienen, mit denen man die großen Weiden-Gabionen am Ufer der Asse füllt.

Sie reden über nichts anderes als die Asse.

Die Asse kennt nur, wer passiert ihre Wasser …

»Als sie mein geeggtes und eingesätes Gerstenfeld weggespült hat«, sagt der Sosthène, »vor drei Jahren, war das, am Tag vor Sainte-Maxime, da bin ich erst nach zwei Tagen hingegangen, um es mir anzusehen.«

»Wir brachten es einfach nicht übers Herz«, sagt seine Frau. »Elf Tagwerke, ganz zu schweigen von der Saat und dem Gespann.«

»Im letzten Frühjahr«, sagt die Augustine, »waren meine Tomaten futsch. Sie waren schon recht schön, groß wie Nüsse, mir sind die Tränen gekommen.«

»Und die blühenden Saubohnen«, fügt ihr Mann hinzu.

»Es heißt, der Adrien Espariat wär gestern um ein Haar ertrunken, als er mit dem Wagen und den Schweinen zurückkam.«

»Alles ist fünfzig Meter weiter unten gelandet: Mann, Pferd, Wagen und Schweine.«

Weil ihm die Beine einschlafen, ist der Flaminius aufgestanden, er macht ein paar Schritte durch die Küche.

»Als ich bei Nacht die Furt passieren musste, vor zwei Jahren, auf dem Weg nach Riez zum Arzt wegen der armen Sophie vom Antoine, die in den Wehen lag und mehr tot als lebendig war, da sah es übel aus für mich. Es war der 9. September, zwei Stunden nach Mitternacht, der Mond schien, hell wie der Tag. Zum Glück! Meine Stelzen waren da, wo ich sie immer lasse, im Röhricht, bei der großen Silberweide. Ich stelle mich also drauf und steige ins Wasser. Ich tastete mit der Stelze dort, wo ich gewöhnlich immer gut hinüberkam. Diesmal war es nicht derselbe Grund, es gab keinen Kies mehr wie vorher, sondern weichen Sand, und Löcher, da spürte man keinen Boden. Also hab ich einen anderen Weg eingeschlagen, unterhalb der Insel, hab es hierlang und dalang versucht. Ich sah schon mein letztes Stündlein gekommen. Die Stelzen sanken in den Sand ein, wo es noch mehr Löcher gab und Strömungen und Strudel. Strudel, Grundgütiger, wie Trichter und mit einem Sog, als wollte die Asse durch ein Loch auslaufen. Ich weiß nicht, wie ich rübergelangt bin. Es überlief mich heiß und kalt … Wenn ich daran denke, bricht mir noch immer der Schweiß aus. Zum Glück schien der Mond in dieser Nacht, hell wie der Tag!«

Der Flaminius hat sich wieder auf den Boden gesetzt. Er beendet den großen Korb.

»Die Asse – verrückt, wer passiert ihre Wasser …«

Der Wind tönt und stürzt herab wie Wassermassen.

Beim Sosthène Ricard sitzen sie am Abend wieder beisammen. Über ihr Zahnweh und das Wetter klagend, drückt sich die Mélanie an den Ofen.

»Man spürt ihn gar nicht«, sagt sie.

Heute Abend bleiben die Körbe in der Ecke. Es sind vier, einer im anderen reichen sie fast bis zu den schwarzen Deckenbalken.

Der Flaminius, der Sosthène, der Hilarion und der Pfarrer spielen Quartett. Aufgeschlossen und in Medizin bewandert, ist der Curé in Orpierre-d'Asse gern gesehen. Er kennt alle guten Pflanzen des Hügels, und man zieht ihn dem Arzt vor, der zu schnell die teuren und schwächenden Arzneimittel verordnet. Frauen in den Stufenjahren, die zu Trübsinn neigen, empfiehlt er den Jungbrunnen-Sirup des Abbé Soury.

Sie sehen nicht aus wie sonst.

Etwas scheint sich verändert zu haben.

Der Hilarion erzählt derbe Witze. Wegen des Pfarrers wünschte die Augustine, er wäre endlich still, doch vergebens.

Ausnahmsweise hat die Mélie, die für gewöhnlich Mehl und Kleie zusammenhält, einen Kessel neue Kastanien aufgesetzt. Eine Dampfsäule entweicht aus der Öffnung des schartigen Deckels.

Sie lässt sie im Schaumlöffel abtropfen und dann in das große Blechsieb fallen.

Die Männer haben die speckigen Karten weggelegt. Der Hilarion reißt keine Witze mehr. Er gestikuliert, dass sein Stuhl knarzt, stützt sich auf die Ellbogen, haut mit der Faust auf den Tisch, redet und redet mit Feuereifer. Im Stehen, schließlich, breitet er die Arme aus, wie um die aufgehende Sonne zu umfassen. Die anderen hören ihm zu, denken nach. Man pflichtet ihm bei.

»Du sprichst wie der heilige Johannes«, sagt die Mélanie zum Hilarion.

Draußen tobt und wütet der grimmige Wind. Er grollt und donnert.

»Letzte Nacht«, sagt die Augustine, »ist wieder das Dach der Arnoux' heruntergekommen.«

Die Männer beachten sie nicht. Hier geht es nicht um den Wind!

Mitten auf den Tisch hat die Mélanie den Seiher voll Kastanien gestellt. Sie schmecken süß und noch besser zu dem Wein, den der Sosthène aus dem Keller geholt hat.

Mit Tränen in den Augen schüttelt die Berthe ihre Finger, die sie sich an den Kastanien verbrannt hat. Die Pélagie teilt sie ihr, pult mit dem Messer das Fleisch heraus, legt ihr die Stückchen in die kleine Hand.

Kastanien und Wein gibt es zur Feier des Anlasses: Man stößt an auf die Zukunft des Dorfes. Man stößt an auf die Gesundheit, auf die Freundschaft. Ein Fieber hat die Schmalhänse gepackt.

Da die Brückenverwaltung den Bau einer großen Brücke zur Verbindung von Digne und Oraison beschlossen hat, wird man bald mit der Eindeichung der Asse beginnen. Die von Orpierre werden endlich ihre weiten Flussauen bestellen können, gute Erde urbar machen, die ihnen Humus in Hülle und Fülle spendet, eine Erde für Weizen und Most, Milch und Früchte!

Seit dreißig Jahren träumen sie davon.

Die Todesängste bei den Überquerungen der Furt werden bald nur noch Erinnerung sein. Die Aussicht ist verlockend, sie ist wie der Blick aufs offene Tal unten nach Süden zu, Richtung Oraison, im hellen Blau …

Die Schmalhänse beginnen freier zu atmen.

An beiden Ufern mit ihrem doppelten Spalier weißer Bäume sind die Dämme aus Zement errichtet, geschützt von drei Reihen Granitblöcken.

Die neue Brücke ist gebaut, und sie kann sich sehen lassen. So breit wie die Landstraße, überspannt sie auf fünf steinernen Bögen das gesamte Bett der Asse.

Die blauen Fluten bleiben in schaumigen Fransen an den Füßen der massiven viereckigen Pfeiler hängen. Die beiden in der Mitte, wo die Strömung am stärksten ist, sind mit einem Haufen unordentlich vor sie geworfener und an armdicken Eisenketten befestigter Betonklötze bewehrt: Bei Hochwasser wird die Asse diese Brocken wie Holzscheite hin und her werfen.

Seht sie euch nun an, diese Asse, die von sich reden macht, mit allen aus Orpierre im Streit liegt und an Gewittertagen ganze Bäume mit sich fortreißt, als wären sie Kehricht.

An den kühlen Rändern des Flusses, wo es nach Schlamm riecht, sieht man in Wasserlöchern, unter duftenden Holunderbüschen, Forellen pfeilgerade kommen und gehen, abrupt stehenbleiben und wieder losschnellen.

Ganz in der Nähe eine Kette großer geflochtener Gabionen, eingesunken, aufgebrochen, die ihre Steine verlieren. Die Hochwasser haben einige von ihnen umgekippt und etwas weiter flussabwärts gespült.

Hier, am Saum der Aue, halb im Sand verfangen, liegt im Weidenröhricht das helle, gestrandete Skelett eines dicken Baumes, wer weiß, was für einer, wer weiß, woher. Ohne Rinde, glatt wie ein alter Knochen, hat er den Farbton geschliffenen Gerölls. Dem gigantischen Stamm sind nur die starken Glieder geblieben, vom Herumrollen gestutzt. Dort, eine frische Bank aus gelbem Schlick, die noch die Form der Wellen zeigt.

Weiter in der Mitte, quer über einer Insel, in den glatten Kieseln und von zitterndem Wasser umgeben, eine tote Kiefer, die an das Rückgrat eines großen Fisches erinnert.

Im gedämpften Raunen der Asse, die dahinfließt, legt der Wind das Röhricht nieder, lässt das Schilf rascheln und das weiße Laub der aufschießenden Weiden plätschern wie einen Wasserfall.

Raben haben auf den Inseln in der Mitte Quartier bezogen. Man sieht sie hier und da durch die Kiesel staken, behindert von den schlammbedeckten Ästen. Sie überwachen den Fluss. Ihr Geruchssinn kündigt ihnen das Herannahen eines toten, aufgedunsenen Tieres an.

Forellen springen wie Peitschenhiebe.

Und die rauschende Asse schlägt übers Jahr unverdrossen ihre Kapriolen, verlässt ein Bett, um sich ein anderes zu graben, und wiegt dabei ihre Kiesel …

Soweit die Alten zurückdenken können, hat es in Orpierre-d'Asse niemals einen so langen und ausgelassenen Karneval gegeben. Die Armut hielt sie kurz. Jetzt atmet man auf, hat etwas Luft, die Schmalhänse können endlich wieder lauthals lachen.

Die Leute aus La Bégude und Brunet sagen:

»Die von Orpierre sind zufrieden. Sie springen nur so herum!«

Eine Wolfskälte. Jede Nacht erfrieren Mandeln. Der Wind reißt sich an den Häusern entzwei. Am Himmel lauter kalte Blumen. Wie sauber sie sind!

Unter dem Getrappel der jungen Leute poltern die harten Wege wie Bretter.

Die Pélagie Arnaud, die nichts für die Masken übrighat, zieht sich früh ins Haus zurück. An diesem Abend wurde sie überrascht. Als sie nach dem Essen den Tisch abgewischt hat, waren sie schon da. Die Berthe hat keine Angst vor den Masken, von wegen, sie ist ganz verrückt danach.

Die Brosamen in der Hand, bleibt die Pélagie stehen. Macht ein Gesicht wie jemand, dem man das Essen weggenommen hat. Die Berthe tanzt indes um den Tisch. Ihre Augen leuchten, sie hüpft wie eine Sprungfeder.

»Der Félicien hat aber dicke Brüste!«

Wer hätte gedacht, dass sie den Félicien erkennt? Die Kleine ist nicht auf den Kopf gefallen!

In den Kessel auf dem Ofen, wo sie die Gemüseschalen für die Hühner kocht, hat die Pélagie die Brosamen geworfen, kratzt die letzten mit dem Zeigefinger von ihrer Handfläche.

Die Kleine hat sich dem Félicien an den Hals gehängt und flüstert ihm ins Ohr:

»Nimm das Schwarze da am Topf mit deinem Finger und mal mir einen Schnurrbart ...«

Sie gehen etwas weiter, zum Firmin Bérard, schlagen mit den Fäusten gegen die Tür. Als sie alle auf einmal hineindrängen, füllt sich die Küche mit guter Luft, die nach Schnee riecht.

Mit lärmenden Drohungen bringen sie die Hunde zum Schweigen. Man versteht sein eigenes Wort nicht. Drinnen ist es warm und gemütlich. Der alte Antoine Bérard, der den Hut aufbehalten hat und stocktaub ist, schlummert mit baumelndem Kopf, zusammengesunken in seinem Stuhl neben dem Ofen.

Unten am Boden besänftigt der kleine Auguste mit Streicheln und Worten die Hunde, die leise knurren.

Jetzt umrunden die Masken den Tisch, wobei sie mit ihren Stöcken auf die Fliesen klopfen. Die jungen Burschen tragen weiße Mieder, Umschlagtücher, voluminöse Röcke aus dunklem Pikee, dick wie Steppdecken, unter denen ihre Schuhe mit den groben genagelten Sohlen hervorlugen. Sie zieren sich, kreischen, wiegen ihre schmalen Hintern, heben die Rockschöße, entblößen die weiße Spitze einer Kattunhose über einer mageren, haarigen Wade und einer heruntergerutschten derben Baumwollsocke.

In den Männerhosen machen sich Frauenhüften breit. Sie spannen den Stoff, lassen die Taschen aufklaffen, zerren an den Knöpfen in ihren Knopflöchern.

Man erkennt den Tite Armand an einer Strähne seiner karottenroten Haare unter der wollenen Dunstkiepe; er trägt eine schreckliche Fratze mit einer Nase, lang wie eine Aubergine.

Eine kleine schmächtige Maske in ausgebeulter Joppe versteckt sich mucksmäuschenstill hinter den anderen. Ihr Herz macht tiff-taff. Der große Firmin Bérard führt sie unter die Lampe, und während er sie fest gepackt hält, tastet sich seine freie Hand ein bisschen hinunter … Die Beute zappelt wie der Teufel im Weihwasser, entwindet sich, stößt spitze Schreie aus und flieht mit zwei leichten Sprüngen wie ein Zicklein durch die knallende Tür hinaus.

Und alle stürzen ihr mit großem Radau hinterher, die Treppe hinunter.

»Diese Rabauken«, sagt der Firmin, »sie zerlegen noch alles …«

Beim Hilarion geben sie zu verstehen, dass sie ein Schnäpschen wollen.

»Augustine«, sagt der Hilarion zu seiner Frau, »hol das Quittenwasser.«

Es ist drei Jahre alt und ausgezeichnet. Außerdem tut es nichts, man wird davon nicht betrunken.

Die Masken wenden sich ab, um zum Trinken die Lumpen anzuheben, die ihre Gesichter verbergen, kosten, prosten einander zu. Zungenschnalzend schütteln sie ihre Fäuste mit den in die Luft gereckten Daumen, um zu sagen: das ist mal ein guter Tropfen!

Sie entfernen sich unter Verbeugungen und militärischem Salut. Sie haben es eilig, zur Hortense zu kommen, wo sie erwartet werden.

Hier ist man dabei, in der Pfanne, die zischt und raucht, Krapfen auszubacken. Es riecht nach Öl.

Die Hortense knetet, die Ärmel bis über die Ellbogen hochgerollt. Ihre Schürze aus grober Wolle und ihre Bluse sind voller Mehl. Weil sie sich mit dem Handrücken an der Wange gekratzt hat, ist auch die Nase weiß. Mit einer Flasche als Wellholz walzt sie den Teig auf dem Tisch aus, schneidet ihn in Streifen, die sie immer zu zweien zusammenschlingt.

Schwitzend und rot wie eine Geranie besorgt die Agnès das Frittieren. Sie hat ihre Bluse oben aufgehakt.

Die kleine Béatrix zuckert das Gebäck und legt es in den Korb auf ein leinenes Geschirrtuch, das nach Wäsche duftet. Noch nie haben sie so viele Krapfen gemacht. Jetzt müssen die Schmalhänse Mehl und Kleie nicht mehr zusammenhalten!

Mit dem letzten Stück Teig macht die Hortense ein Männlein ohne … nichts. Sie wirft es in die Pfanne, wo es goldgelb wird, sich dreht und aufgeht. Sie zeigen es den Masken, die hereinplatzen und losprusten, ihr Gelächter schallt wie Hammerschläge auf einem Amboss. Alles bebt, man hört sie bis zum Platz.

Zwei als Frauen verkleidete Männer boxen einander freundschaftlich, fassen sich dann unter und tanzen eine Runde: »Holz gegen Holz!«, sagen sie.

Die Agnès hat den Kaffee aufgegossen. Die kleine Béatrix sucht das Glas mit den Sauerkirschen und findet es nicht. Ratlos dreht sie sich auf der Stelle, sie ist eben nicht die Schnellste.

»Hinten links auf dem dritten Regal, nicht hier im Kasten, im Schlafzimmerschrank!«, ruft die Hortense. »Du würdest nicht mal Wasser in der Asse finden!«

»Dem Mädchen kann man im Gehen die Schuhe besohlen«, sagt die Agnès, deren Lächeln strahlt wie eine Lilie.

Sie tönen alle durcheinander wie die Viehglocken. Weil es so heiß ist und nach Fett riecht, muss gelüftet werden. Die Masken haben ihre falschen Gesichter abgenommen und sich an den Tisch gesetzt, rund um den Korb mit dem Gebäck. In den zusammengewürfelten, farbigen Steinguttassen serviert die Béatrix den Kaffee.

Andere Masken überqueren die Straße. Gesangsfetzen kommen in Böen hereingeweht:

… Karneval, ein armer Kerl …
… Nichts ließ er seinem Weibe.

Über drei Masken haben alle geredet und sich den Kopf zerbrochen. Niemand hat sie erkannt. Am Ende stellte sich heraus, es waren die Dorothée und ihr Mann, der Clermond Gilly, mit Séraphine Trichaud.

Wer hätte das gedacht? In ihrem Alter …

Auf der guten, freien und bewässerten Fläche im Schutz des Deiches, wird es bald ausgedehnte Wiesen geben. Sie haben den Duft schon in der Nase.

Ihre Freude strömt über wie ein Bach.

Sie werden mit vollen Händen ernten, sich so richtig satt essen, endlich leben können wie alle anderen. Drall und geschniegelt werden die Schmalhänse sein und ihren Spitznamen Lügen strafen. Sie fühlen sich schon jetzt wie die Weiden am Ufer der Asse, wenn sie austreiben und die Blätter sprießen!

Die Jugend ist nicht zu halten, sie schlägt über die Stränge. Doch man lässt ihnen alles durchgehen. Es wächst sich zur Plage aus. Sie besaufen sich unter jedem beliebigen Vorwand, ziehen nachts durch die Straßen bis in den Morgen, grölen Gassenhauer und unermüdlich immer wieder dieselben Ständchen unter den Fenstern der jungen Frauen.

Die Dunkelheit dient ihnen insbesondere, und die lasche Nachsicht der anderen, um alle Welt zu schikanieren, hundert Missetaten zu begehen.

Einmal wirft jemand im Morgengrauen einen Stein an den Fensterladen vom Clermond Gilly. Man ruft ihn:

»Clermond! He, Clermond!«

In Hemd und Schlafmütze erscheint er ganz besorgt am Fenster.

»Was gibt's?«

Noch ehe er vollends wach ist, trifft ihn ein Schwall Blut aus einer Klistierspritze.

Die Spitzbuben nehmen Reißaus.

Vor Schreck bleibt er drei Tage im Bett. Man muss ihn ausleiten. Einige Frauen sagen:

»So etwas darf man doch nicht machen!«

Der Hilarion Amiel erzählt, dass sie auch ihn überrascht und auf die gleiche Weise aus dem Bett geholt haben, um ihm das Gesicht mit dem schwarzen Lumpen zum Ofenausfegen, den sie an einem Stock befestigt hatten, zu verschmieren.

Die ganze Nacht über hat die Pélagie Gelächter und das Hin und Her von Schritten gehört. Als sie gegen fünf Uhr aufgestanden ist, fand sie einen Steinhaufen hinter ihrem Schuppen, anstelle der Scheite und Reisigbündel, die nun beim Clermond Gilly liegen.

Der Firmin Bérard, der seinen Pflug suchte, hat ihn oben in der Ulme gefunden.

Man findet dieser Morgen nicht selten eine Egge quer über der Straße oder auch einen zerlegten Karren.

Am langmütigsten sind noch die Alten. Und der Feldhüter drückt beide Augen zu.

»Meine Schürzen, die ich draußen auf der Leine vergessen hatte«, sagt die Agnès, die Nichte der Dorothée Gilly und das hübscheste Mädchen von Orpierre-d'Asse, »habe ich alle ganz verknotet gefunden, Stoff und Bänder zusammen.«

Mit ihrem strahlenden Lächeln fügt sie hinzu:

»Eine halbe Stunde habe ich gebraucht, um das zu entwirren!«

Es ist eine Augenweide, dieses Mädchen gehen zu sehen, mit wiegenden, runden Hüften, frisch wie eine Quelle.

Auf seinem Stück unten pflügt der Hilarion schon zum zweiten Mal.

Fünf Tage zuvor hat es geregnet, die Erde ist gerade so locker, wie sie sein soll. Die drei Pferde ziehen ohne Mühe, in schnellem Gang. Auf die Griffe gestützt, macht der Mann große Schritte, um ihnen zu folgen, und die Erde sprudelt und rinnt um die Schar wie eine Fontäne.

Denn im Schutz der Mauer, die die Asse eindämmt, haben sich die weiten Auen verwandelt. Holunder, Pappeln, Eschen, Vogelkirschen, all diese glänzenden üppigen Bäume, die sich brüderlich umarmten und wie das Wasser rauschten, wurden abgesägt. Man hat ihre Wurzeln ausgerissen, das Weidenrohr niedergemäht, die riesigen Brombeersträucher, die rauen, von Wilden Karden überragten Sumpfgräser.

Die morgenhellen Zitterpappeln wurden gefällt und dicke Weiden mit ausgehöhlten Stämmen, geräumig wie Hütten.

Sie brauchten keinen Dünger. Breit und so flach wie eine Hand ist es herrlich anzusehen, dass einem die Tränen kommen. Das große Luzernenfeld in der Mitte gleicht einem See.

Es ist die pure Freude, eine Handvoll dieser jungfräulichen, lockeren und fruchtbaren Erde zu nehmen, an ihr zu riechen. Sie wird das Zwanzigfache der Saat einbringen.

Eines schönen Morgens taucht eine Hütte aus Lehm und trockenem Schilfrohr auf.

Der Mathieu Jugis hat sie gebaut und dabei aufs Senkblei gepfiffen.

Er ist fünfzig Jahre alt und lebt allein. Robust wie ein Wacholderstrauch. Mit seinen Siebensachen und den Tieren: dem Hund, den drei Hühnern, der Ziege und den beiden Mutterschafen, ist er von dort oben heruntergezogen und hat sich in den Auen häuslich eingerichtet.

Die anderen heißen ihn einen Verrückten.

»Der hat vielleicht Nerven!«

»Die Feuchtigkeit am Fluss ist nicht gesund.«

»Ganz abgesehen davon, dass er bei einem nächtlichen Hochwasser in Brunet aufwachen könnte.«

»Na ja, immerhin hinterlässt er niemanden.«

In der ersten Zeit, bei Einbruch der Dunkelheit, wenn die Nordhänge schwarz werden und der Hügel gegenüber näher zu rücken scheint, war es dem Mathieu Jugis, als hätte er einen Felsbrocken auf der Brust, ihm fehlten der freie Himmel und die Sterne.

Und das Brausen des Flusses, das ihn tagsüber nicht kümmerte, schlug ihm nachts aufs Gemüt. Er hatte das Gefühl, auf einem Holzsteg mitten im Wasser zu schlafen …

Dann hat er sich daran gewöhnt, wie man sich an alles gewöhnt.

Man hat ihn einen Verrückten geheißen, folgt aber seinem Beispiel.

In den Auen, zwischen den Feldern und Gemüsegärten, stehen vier Hütten und sogar schon zwei schöne, komfortable Häuser mit Etage, vom Hilarion Amiel und dem Clermond Gilly.

Fast alle bauen, das Haus des einen verlockt den anderen, Jeans Eifer entflammt Pierre und Paul. Sie nehmen Hypotheken auf, reduzieren, so gut es geht, die Kosten.

Die beiden Maurer Arnaud, Vater und Sohn, haben alle Hände voll zu tun. Sie haben drei Arbeiter aus Oraison kommen lassen. Um Handwerker zu sparen, dienen die Männer selbst als Maurermeister. Im Winter wäre nichts mehr zu tun.

Man schafft von oben alles herunter, was man gebrauchen kann und was nicht niet- und nagelfest ist: Dachpfannen, Türen, Fensterrahmen, Zargen und Ziegel, die Balken der eingestürzten Häuser, Fliesen. Selbst die Ecksteine der verfallenen Häuser, die immer und immer wieder dienen, von Generation zu Generation, über Jahrhunderte hinweg. Sie sind schwarz, von Flechten gesprenkelt, angenagt wie alte Brotkanten. Wie viel Wasser haben sie die Asse herunterfließen sehen!

Eifrig und einträchtig sind die Schmalhänse am Werk, gleich einem Bienenschwarm im Mai.

Ihre Gesichter sind nicht mehr dieselben. Und das Schönste von allem ist, dass man einander hilft. Vergessen, die alten Ärgernisse und Querelen. Der Trichaud und der Arnoux, die seit fünfzehn Jahren nicht miteinander gesprochen haben, sich mit steinernen Mienen begegneten, karren jetzt gemeinsam Sand und Kies aus der Asse heran.

In der Sonne, einem blühenden Obstgarten gleich, entsteht das neue Dorf.

Die Schwalben zerteilen die Luft wie Klingen.

Die Langsäger sägen in einem fort die langen Birken- oder Kiefernbohlen. Mit dem dicken, platten Zimmermannsbleistift markiert der Mable Arnoux große und kleine Tragebalken. Es riecht nach frischem Sägemehl, dem Mark der Bäume. Das ganze Dorf ist erfüllt vom Brummen der Säge.

In den Häusern wie auf den Baustellen wird gesungen; die tiefen Stimmen der Männer gleichen stämmigen Eichen, die der Frauen schwingen sich zarter empor wie Pappeln oder Birken ...

Hinten in seiner Werkstatt mit den glaslosen Fenstern bearbeitet der Schmied Eisenstangen. Der Florimond drischt auf den kleinen Amboss, man kann das eigene Wort nicht verstehen, und die Knirpse, die sich zusammengeschart haben, um das Erblühen der Funkengarben zu bestaunen, schließen bei jedem Hammerschlag die Augen.

Eine Kelle kratzt, presst den Mörtel. Wer sie führt, packt herzhaft zu. Der Sosthène Ricard zieht mit der Hacke das Fundament des Hauses, das er errichten wird, wie alt er auch sein mag. Sie werden neben dem Hilarion Amiel wohnen.

Kippkarren ächzen, laden Steine ab. Schubkarren kreuzen sich quietschend. Der Tischler von Puimoisson ist mit seinem Wagen voller Türen aus weißem Holz gekommen, so neu, dass die Finger daran Spuren hinterlassen. Es gibt welche aus

Nussbaum, an denen man die schöne Maserung und die tiefen Ast-Herzen sehen kann.

Der Firmin Bérard leert einen Sack Kalk aus und schüttelt ihn, er wird umhüllt von einer weißen Wolke. Rotbraun wie eine Mandel, den weißen Canotier von seiner Erstkommunion auf dem Kopf – man muss den Hut schließlich auftragen –, schleppt der kleine Auguste Wasser mit dem Eimer, macht seine Füße klitschnass. Sein schwarzer Kittel ist weiß. Er hat ihn am Gürtel hochgeschlagen und vorne wie eine Schnur verknotet. Seine Bewegungen sind steif, er bückt sich nur ganz behutsam, denn aus dem halb offenen Kragen seines Hemds ragt der kahle Kopf der kleinen Elster, die er auf diese Weise zähmen möchte.

»Hol den Trog und den Spachtel aus dem Schuppen vom Clermond«, sagt sein Vater mit einem scheelen Blick, »und schaff diesen Vogel weg, oder ich werf ihn in die Asse!«

Der Antoine Ripert deckt sein Dach mit alten moosigen, sonnenverbrannten Ziegeln. Es sind welche von dort oben. Er pfeift in einem fort.

Arm in Arm gehen die Agnès und die Béatrix vorbei. Er ruft ihnen zu:

»Könntet ihr nicht auch einmal hochkommen und mit anpacken?«

Es ist nur, um die Agnès zu hören. Es reicht ihm nicht, dass er sie sieht, schillernd wie eine Espe am Flussufer, er will auch noch in den Genuss ihrer Stimme kommen …

Sie hebt den Kopf.

»Jedem sein Geschäft!«

Aber Antoine hat ihnen etwas zugerufen, was sie kreischend und mit feuerroten Wangen flüchten lässt. Sie lodern wie blühende Pfirsichbäume.

Den Dachziegel in der Hand, sieht der Bursche zu, wie die Agnès davonrennt … Alle wissen, dass er für sie auf den

Händen laufen würde, dass er ihr den Morgenstern vom Himmel holen würde …

Man zimmert Holzbalkone. Der Félicien Trichaud, zerschlissene Espadrilles an den Füßen, die Hände rissig vom Zement, trägt aufrecht wie eine Pappel und mit federndem Gang das lange, kalk- und gipsweiße Brett auf dem Kopf. Man streicht Fensterläden und Geländer.

Vor ihrer Türe hat die Dorothée schon in gesprungenen, ausgemusterten Töpfen Nelken, Basilikum und Hängegeranien aufgereiht.

Den Fensterlaibungen gibt man mit Kalk den letzten Schliff. Viele Häuser haben ein Gärtchen, man will dort Salat ziehen, Rosen hegen und eine Laube bauen. Sie denken bereits an Hopfen, Wilden Wein und Duftwicken.

»Du hast versprochen, mir Samen zu geben«, sagt die Dorothée zur Augustine.

Links und rechts von seiner Tür hat der Hilarion die beiden kaputten Bottiche voll Erde und mit zwei Oleandern darin aufgestellt.

Dem Café und dem Gasthof gibt man Namen, die beweisen, dass man nicht zurückschaut, sondern nach vorn: Gasthaus zum Neuen Orpierre-d'Asse, Café Zukunft.

Und man pflanzt Bäume: Feigen und Akazien, Platanen, die feuchten Boden mögen und schnell nach etwas aussehen, Ulmen. Vor dem Rathaus strebt eine Pappel kerzengerade in den Himmel.

Es ist die Hortense, die auf dem Dorfplatz, direkt an der Landstraße, das Gasthaus improvisiert hat: ein Schankraum aus Brettern, eine mit Schilfrohr gedeckte Terrasse, ein langer Tisch und Bänke.

Getränke ausschenken, das passt ihr wohl! Lebenslustig, flink und stramm auf zwei hübschen schlanken Fesseln, so fest wie Buchsbaum, errötet sie nicht unter den ungenierten Blicken der Männer und nimmt ihnen die deftigen Späße nicht krumm. Warum sollten sie ihr Glück nicht versuchen?

Sie hatte den guten Einfall, sich ein Pianola zuzulegen. Ist das Tagwerk vollbracht, tanzen Burschen und Mädchen noch die halbe Nacht im großen Schuppen vom Hilarion, aus dem diese Strolche ruckzuck den Wagen und die beiden Kippkarren herausgetragen haben.

Man sagt:

»Die von Orpierre lassen nichts anbrennen!«

Die Fuhrmänner, die Weizen, Stroh, Mandeln transportieren, kehren auf ein Glas bei der Hortense ein. Sie staunen darüber, wie schnell hier alles vorangeht. Sie können es gar nicht fassen.

Der André handelt jetzt mit Wein aus dem Département Var und kommt ab und zu vorbei, um der Anna Guten Tag zu sagen. Als Mann von Welt lehnt er das Glas Wein oder Schnaps ab, das sie ihm anbietet, nimmt aber gern ein Fruchtbonbon aus Carpentras.

Er parkt den großen Wagen mit Fässern am Straßenrand, stopft sich eine Pfeife und beginnt, mit dem ein und anderen zu schwatzen.

Den schweren Trog mit Mörtel auf dem Kopf, läuft der Florimond übers Gerüst, dessen mit Seilen verbundene Planken schaukeln.

»Sieht aus, als ging's voran. Ich war seit letztem Herbst nicht mehr hier, es ist nicht zu glauben«, sagt der André zum Hilarion, der gerade seinen Holzzaun streicht.

Er fügt hinzu:

»Wenn ihr was anpackt, dann aber richtig!«

»Ja, wenn man für sich selber schafft, geht es leicht von der Hand, man merkt gar nicht, wo die Zeit hinkommt.«

»Ich will ja nichts sagen«, meint der André nach einer Weile mit Nachdruck wieder. »Ich will nichts sagen, aber im alten Orpierre, das müssen Sie zugeben, im alten Orpierre, das war kein Leben mehr!«

Der Hilarion nickt ernst.

»Es war kein Leben mehr ... wir hatten uns dort oben schon dran gewöhnt, den Kindern nicht Äcker und Weinberge zu hinterlassen, sondern Steine ...«

Der Clermond Gilly verputzt seine Fassade. Stellenweise ist sie trocken. Große feuchte Flecken schlagen noch durch.

»Die Tage sind lang, das nutzen wir aus«, sagt er von seiner Leiter herunter.

»Ist niemand mehr dort oben?«, fragt der André.

Er deutet mit seiner Pfeife zum alten Dorf, dessen Stufen den kahlen Bergrücken erklimmen.

»Noch drei Feuer.«

Der Clermond fügt hinzu:

»Die Trichauds und die Armands kommen demnächst herunter, ihre Häuser hier sind schon recht weit. Bald wird dort oben nur noch die Pélagie Arnaud sein.«

»Die Pélagie?«, sagt André, während er sich eine zweite Pfeife stopft. »Ach ja, die Schwester der Krämerin, die Unglückliche, der die Tochter im Kindbett gestorben ist, jetzt hat sie die Kleine … Aber wenn das gesamte Dorf herunterwandert, wird sie wohl auch nachziehen müssen, sie kann ja nicht allein dort oben bleiben wie eine wilde Ziege.«

»Sie wird nicht herunterkommen, so viel ist sicher«, widerspricht der Clermond, »da lege ich meine Hand für ins Feuer. Man muss sie kennen, die Pélagie, sie hat ihren eigenen Kopf. Dort oben ist sie verwurzelt!«

Das ganze Dorf strömt zusammen wie ein Strudel in der Asse. Alle rennen. Die Säge hört auf zu klingen und die beiden Hämmer der Schmiede auf dem Amboss, die Kelle kratzt nicht mehr. Der Antoine Ripert steigt von seinem Dach herunter, der Trichaud von seinem Gerüst. Der Florimond hat den Spachtel hingeworfen, der Flaminius den Pinsel. Die Frauen kommen, ungekämmt, mit Soßenduft. Der fahrende Händler, der auf Brettern seine Stoffe und seinen Plunder ausgebreitet hat, lässt die Waren im Stich und kommt ebenfalls gelaufen, um zu schauen. Man drängt die Kinder beiseite.

Der Auguste Armand, dessen Haus mitten im Dorf noch das durchbrochene Gebälk ohne Ziegel zeigt, hat gerade beim Graben in der Erde, um an der Ecke seines Schuppens einen Zürgelbaum zu pflanzen, eine Quelle gefunden:

Es sprudelt in einem Meter Tiefe. Das Loch ist halb mit Wasser gefüllt. Mittendrin, zwei Fäuste dick, ein Aufwallen, das satt und gleichmäßig pulsiert, wie ein lebendiges Herz!

»Das ist die Quelle von oben, vom alten Orpierre!«

»Die Quelle von Brama-Fam!«

»Die sich verloren hatte.«

»Sie schmeckt genau gleich«, sagte der Flaminius.

»Mal sehen, ob sie die Linsen ebenso gut kocht wie die andere«, sagte die Augustine vom Hilarion.

»Keinen Deut mehr oder weniger frisch als die von oben.«

Der Flaminius fügte hinzu:

»Hier hat sie mehr Kraft, weil sie weiter unten ist.«

»Jetzt müssen wir uns um die Leitung aus dem Brunnen von Champfrais keine Gedanken mehr machen«, sagte der Clermond Gilly.

Am meisten staunte die Mélanie Ricard, die immerzu wiederholte:

»Also so was, das kann doch gar nicht wahr sein. Wenn man das erzählte, keiner würde es glauben!«

Ihre Quelle hat also, wie sie, das nackte Geröll verlassen, über das der Wind schabt. Sie gibt ihre Einwilligung, steigt herab zu ihnen, für sie, mit dem Zittern ihres wiegenden Beckens, dem schallenden Klang ihrer Stimme, die in einem fort plaudert und lacht …

Welch ein Überschwang, welch ein Überströmen reiner, gebirgswasserklarer Freude.

Ein steinerner Brunnen wird gebaut. Munter wie ein Ochse, sprudelt sie laut klatschend aus zwei Rohren.

Man schaffte auch die Kirche herunter. Das Pfarrhaus war schon unten. Früher war der Curé jeden Sonntag zu ihnen hinaufgestiegen, um die Messe zu wiederholen.

Die Altare, bis auf den des Heiligen Johannes, des Schutzpatrons von Orpierre-d'Asse, hatte er herunterbringen lassen; so gut wie alle glänzenden und wurmstichigen Eichenbänke; das große Gemälde der Geburt Christi hinter dem Hauptaltar und das von Mariä Himmelfahrt, auf dem die Heilige Jungfrau mit üppig wallendem Haar beim Emporsteigen die runde weiße Wolke wegtritt; das schwere Weihwasserbecken mit dem glatten breiten Rand, das ebenso alt ist wie das Dorf und aussieht, als wäre es von einem Bauern aus dem Stein gehauen worden.

Man holte die große Gips-Maria in ihrem Gewand mit den langen, goldenen Falten herunter, die man jedes Jahr am fünfzehnten August, zu Mariä Himmelfahrt, auf dem Dorfplatz unter der jungen Ulme ausstellte und die die Frauen, vor allem die alten Jungfern, an jenem Tag mit ihren Ringen, ihren Halsketten, ihren silbernen Armreifen schmückten. Sie ist die Gebieterin stürmischer Wogen, ihr gehorcht der entfesselte Strom. Im Jahr des großen Hochwassers, als die Brücke von Mezel zerstört wurde, war sie es, die der Asse Einhalt gebot. Die Flut schwoll von Stunde zu Stunde, die ganze Ebene schien verloren, als man den Einfall hatte, die Heilige Jungfrau herunter zum Fluss zu bringen. Kaum glänzte ihr Kleid zwischen den silbrigen Espen, kaum ruhte ihr Blick auf dem Strom, brodelte das Wasser und begann, gleich einer Herde rasender, plötzlich besänftigter Stiere zurückzuweichen …

Unglücklicherweise ging eine der beiden blauen Moustiers-Vasen vom Altar der Sainte-Enfance zu Bruch, die im April immer mit Quitten- und Mandelblüten geschmückt wurden. Diese Vase war wie ein Stück Himmel.

Nachdem der Beichtstuhl abtransportiert war, wirkte das Fresko der Vision des Heiligen Augustinus größer, schimmliger und verwitterter.

Die Stimme hallt in der leeren Kirche, die ganz verändert ist und nicht mehr nach Weihrauch duftet.

Bis die neue Schule fertig gebaut ist, hat der Sosthène Ricard unten einen Raum zur Verfügung gestellt.

Es ist ein hübsches, simpel gebautes Haus mit dünnen Wänden, großen Fenstern und einem Hof samt einer Mauer, so niedrig, dass ein dreijähriges Kind sich mit den Ellbogen daraufstützen kann. Ein Teil des Hofes ist überdacht, sie haben eine kleine Platane gepflanzt und an die Hauswand, zwischen die beiden Fenster, eine immergrüne Rose. Der Trinkhahn unter der Rose wurde auch nicht vergessen.

Fürs Erste spielen die Kinder, Buben und Mädchen gemischt in einer einzigen Klasse, draußen auf dem Platz, wie oben im alten Orpierre.

Der Pélagie gefällt es nicht, dass ihre Kleine bei Regen und Kälte den langen Weg machen muss. Sie ist die Leidtragende: Sie wird oft fehlen und nicht viel lernen.

Damit die Berthe unten in der Schule zu Mittag essen kann, packt ihr die Pélagie ein reiches Vesper in den Korb: zwei Scheiben Brot, Nüsse oder Äpfel, etwas Salzfleisch oder einen kalten Happen. Das Geld für die Einkäufe knotet sie ins Taschentuch, das sie unter der Schürze am Rock feststeckt.

Um aus dem Hahn zu trinken, rafft die Kleine ihren Rocksaum zu einem Napf.

Wenn sie am Morgen in beißender Kälte aufbricht, hüllt die Pélagie sie fest in das gute Umschlagtuch, das sie über der Brust kreuzt, unter den Armen durchführt und im Rücken knotet. Die kleinen Händchen schiebt sie unter den Stoff.

»Mach es nur nicht wieder wie vorgestern und vergiss das Tuch in der Schule. Um dann zu frieren!«

An den kurzen Tagen im Dezember wird ihr die Zeit lang. Also trägt sie der Berthe auf:

»Sag dem Fräulein, sie soll dich um drei Uhr gehen lassen, nach der Mittagsruhe.«

Sie weiß, dass das Mädchen unterwegs trödelt, dass es vom Schlehdorn die Beeren nascht, die durch den Frost verschrumpelt und süß sind.

Es war die Atempause zwischen Heumahd und Ernte. In den langen, durchdringenden Nächten, die nach Laub duften, unter den Feigenbäumen, wohin sie nach dem Abendbrot ihre Stühle bringen, hört man immer wieder:

»Tut das gut!«

»So ein angenehmes Wetter.«

»Man möchte gar nicht zu Bett gehen.«

In den schwarzen Grüppchen glimmen die Zigarettenfeuer. Mütter machen sich Sorgen, wann ihre Töchter heimkehren. Wo soll man sie herholen, um elf Uhr abends?

Die Steine, jungen Maulbeerbäume und Dächer sind vom Mondlicht benetzt.

Alles glückte ihnen, sie blühten auf, gediehen wie Bäume am Ufer! Das Heu war ergiebig gewesen und ebenso der Süßklee, den sie gedroschen hatten. Das Getreide stand prächtig. Es war die Zeit, in der die grünen Ähren langsam blass werden und einander paarweise gegenüberstehen.

Die Asse hatte nicht weniger Wasser als im April. Zu Ostern hatte man kaum mehr gehabt als um Weihnachten herum. Selbst ihr Rauschen hörten sie nicht mehr, sosehr waren sie es gewöhnt.

Sie feierten ihr Fest für den Heiligen Johannes, wie jedes Jahr zur Zeit der Steinwicken. Die Tage waren doppelt so lang wie die Nächte.

Unfassbare Nächte, solche Nächte, die einem das Herz ins Reine bringen, mit Strömen von Sternen, jubelnden Sternen.

Die Märzhähnchen waren proper, man hatte sie mit Getreide und Mais gemästet. Die Federn an ihrem Hals begannen sich zu locken und golden zu färben, und sie kämpften.

Mit Farnsträußen für zehn Groschen gehen der Florimond, der Auguste Bérard und der Félicien Trichaud von Haus zu Haus, um Geld für das Fest zu sammeln. Sie haben neue Halstücher, kupferne Manschettenknöpfe, Narzissen im Knopfloch und am Revers eine Anstecknadel mit dem Festabzeichen. Das Weiß ihrer Hemden hebt die gebräunte Haut hervor.

Die Hortense, der Schankwirt, die Krämerin Anna, denen das Fest am meisten einträgt, geben fünf Francs. Man hat dem Abgeordneten geschrieben, der zehn Francs geschickt hat.

Die Hausfrauen haben die eisernen Löffel und Gabeln zum Verzinnen gegeben. Die Häuser werden vom Keller bis zum Dachboden gewienert. An die Küchendecken hängt man Buchsbaum- oder Papierblumensträuße.

Mädchen, die in der Stadt eine Anstellung haben, sind mit geschmackvollen Kleidern gekommen.

Vor der Bude bestaunt eine Schar Kinder den Händler, wie er die Zuckermasse für die großen Berlingot-Bonbons auszieht, die an den Zähnen kleben. Abends hängt man in Fenster, Feigenbäume und den raschelnden Bambus hübsche, bauchige Lampions aus gefaltetem Papier.

Der Himmel ist noch immer so hauchzart. Ein Himmel ohne Kuppel.

Auf dem Platz unter den blühenden Akazien lassen sich die Burschen das Junggesellenessen schmecken, das die Hortense zubereitet hat. Zwanzig Gedecke liegen auf den von Böcken getragenen Planken. Das Menü besteht aus einem gigantischen Aioli mit im Ofen des Bäckers gegarten Roten Beten, Kartoffeln und gekochten Schnecken; dazu Ente mit Oliven.

Die neuen Kartoffeln dampfen und platzen aus ihrer braunen Schale. Man verbrennt sich die Finger beim Abpellen. Die Roten Beten sind verkohlt. Innen drin scheint das feste Fleisch zu bluten. Sie sind süß, köstlich.

Der Antoine Ripert wettet, dass er fünfhundert Schnecken und eine ganze Ente samt einem großen Suppenteller fetter Soße vertilgen wird. Gefräßig wie ein Kamin.

Sie sagen ihm:

»Pass auf mit den Schnecken, die liegen schwer im Magen.«

»Wo steckst du das nur hin, du Vieh?«

Jeder trinkt seine zwei Liter roten Landwein und sein Viertel Trester, von den Schnaps-Trauben ganz zu schweigen. Die Serviette wie ein Tuch um den Hals gebunden, hält sich der Hilarion, der mal eben nach nebenan, hinter den Schuppen vom Sosthène muss, wacker den ganzen Weg, und wenn er sternhagelvoll ist, dann ist er nicht der Einzige.

Schließlich haben sie so viel gegessen, dass sie nicht mehr Hunger haben, als die Asse Durst. Zum Abschluss serviert ihnen die Hortense noch einen starken Kaffee, ohne Zichorie – nicht so einen Nonnenkaffee –, den sie in großen, dicken Gläsern ausschenkt.

Durch die Fenster mit den halb geschlossenen Läden hört man Kaninchenpfeffer und Ragouts brutzeln und die Kutteln auf großem Feuer brodeln. Der Schmorbraten riecht nach Pfifferlingen. Man ruft einander von einem Fenster und einer Tür zur anderen. Mädchen im Rock, ein Tuch über den bloßen Schultern, spülen am Brunnen die Karaffen, die sie mit Sand geschmirgelt haben, waschen die Winterendivien. Man öffnet Trüffelkonserven aus Montagnac und Puimoisson.

Ab zehn Uhr in der Früh wird auf dem Platz getanzt, im grünen Festsaal, zu Seiltrommeln und Galoubets, den traditionellen

Flöten. Vor Freude glänzen die Gesichter der jungen Leute, als wären sie mit Öl eingerieben.

Der Nachtwind murmelt wie Wasser in den Pappeln. Es regnet Sternschnuppen.

Der letzte Abend ist gekommen, das Fest neigt sich dem Ende zu. Am Morgen haben sie sich die Augen mit Wiesentau gespült, der an Sankt Johanni die Sehkraft bewahrt.

Die Kinder beginnen Kleinholz fürs Feuer heranzuschaffen: Eichenzweige, Mandelreisig. Das ist der schönste Moment. Dem Stoß fügt die Anna alte Kisten, Kartons, Fünfjahreskalender hinzu. Obendrauf wirft man noch Körbe ohne Boden. Die jungen Leute karren vom Flussufer schlammbedeckte Äste heran und Bretter, die Überreste von Brücken sind.

Man fürchtet keinen Brand: Nie würde ein Johannifeuer so etwas verursachen!

Der Flaminius, ihr Ältester, zündet es von unten an drei Stellen an. Funken knistern, sprühen; manche fliegen höher als die Kirche. Pinienzapfen bersten. Die riesige Flamme springt und züngelt mit der Kraft ihrer geschmeidigen Lenden. Frank und frei prasselt das Feuer, wächst gleich einem Baum empor, singt und peitscht, strömt wie ein Fluss, verschlingt schreiend das schwarze Holz.

Das gesamte neue Orpierre-d'Asse ist erleuchtet. Man kann die Zeit auf dem Zifferblatt der Uhr lesen: zehn nach elf. Der Kreis weicht zurück, so heiß ist es. Dann schlängelt sich die Farandole zum Gesang ums Feuer. Über ihnen zeichnet sich klar und deutlich, weiß von zertretenen Sternen, der große Jakobsweg ab, er scheint herabzuhängen. Einige große Sterne sind so gestochen scharf, dass man meint, sie wären nur einen Schwalbenflug entfernt.

Plötzlich ein Raunen. Die Juchzer, das laute Stimmengewirr, das dem Rauschen des Flusses gleicht, verstummen. Die Farandole hält still wie ein Zweig, wenn der Wind abreißt. Manche, die nicht begriffen haben, fragen:

»Was ist los?«

Der Firmin Bérard, der eben trinken wollte, hebt sein Bier in die Höhe:

Mit ausgestreckten Armen zeigt man sich ein Johannifeuer, dort oben auf dem Hügelrücken, inmitten der Sterne, im alten Dorf, das sie inzwischen so sehr interessiert wie das Wasser unter der Brücke! Lebhaft und hell und tanzend, mit spitzen Flammen, die sich wie große Vögel von ihm lösen, rötet es die starrenden Gerippe der eingestürzten Häuser. Die Steinhaufen, das Geröll lodern …

Dieser Herbst war scheußlich.

Ein schmutziger Himmel lastete auf Fluss und Bergen. Schlaffe Luft, Nieselregen, eine trübe Feuchtigkeit, etwas Fauliges.

Die Mélanie Ricard pries das Klima unten nicht mehr ganz so sehr, das ihr zufolge so gesund war, da sie ja keine Zahnschmerzen mehr gehabt hatte, seit sie im neuen Orpierre-d'Asse lebte.

»Ein ordentlicher Wind würde dieses grauenhafte Wetter hinwegfegen«, sagte sie.

»Drecksregen«, pflichtete die Mélie vom Justin bei, die seit drei Wochen erwog, ihre große Wäsche zu machen.

Die Kartoffeln waren auf den Feldern verdorben. Die Gärten konnte man nicht mal mehr betreten, sie sahen zum Fürchten aus: Die roten Zwiebeln, die krausen Endivien, der schöne Sellerie, alles war unterm Regen, den überlaufenden Gräben verfault. Die Rüben waren aufgebläht wie Kürbisse. Grünliche Moose, Klumpen toter Gräser glichen Tumoren in dem lehmigen, zähflüssigen Wasser.

Da sie die Erde nicht pflügen konnten, saßen die Männer den ganzen Tag stumpf im Gasthaus, in der dicken Luft, beim Trinken und Kartenspielen.

Die Frauen fühlten sich auch nicht tatkräftiger. In der Mitte zerschlissene Laken warteten darauf, geflickt zu werden. Die Schränke muffelten. In den Schuppen, auf den Dachböden herrschte ein einziges Durcheinander, alles war drunter und drüber, man wusste nicht, wohin man treten sollte. Zur Stärkung kochten sich die Hausfrauen Kaffee. Bei etlichen stand die Kanne aus Weißblech immer am Herd bereit.

Blass, mit belegter Zunge, appetit- und schlaflos, schienen manche etwas auszubrüten. Abends schmerzten ihre Arme und Beine, als hätte man sie geprügelt.

»Und immer dasselbe schmuddelige Wetter!«

»Das wird nichts Gutes bringen.«

Sie waren die Tage ohne Himmel leid, sehnten sich nach einem schönen, strahlenden Mistral, dem Wolkenjäger.

Einige wurden krank, mit Fieber, das am Abend stieg. Der Clermond Gilly lag zu Bett mit geschwollenen Lippen. Sein Atem roch übel und auf den Zähnen hatte er einen dicken gelben Belag.

Seit drei Wochen angeschlagen, schleppte sich der Antoine Ripert in seiner Küche von Stuhl zu Stuhl, außerstande, der Agnès, seiner Frau, zur Hand zu gehen, die selbst krank und zum zweiten Mal schwanger war. Der wächserne Teint dieser Frau verhieß nichts Gutes. Ihr Kind, das sich an den Stühlen hochzog, hatte ein graues Gesichtchen wie aus Pappmaschee.

Der Arzt hielt sich nicht lang in den übel riechenden Häusern auf. Aus Rücksicht auf die Kundschaft wagte er nicht, den Gesunden aufzutragen, dass sie putzen und lüften sollten. Da er nicht viel sagte, man ihm die Worte aus der Nase ziehen musste, dachten sie, er würde nicht viel vom Wesen dieser Seuche verstehen.

Der Curé, selbst betroffen und bis über beide Ohren eingemummelt in seine wattierte Soutane, ging die Kranken besuchen, und die Kranken gingen zu ihm, um sich Rat zu holen. Nie hatte er so viele Flaschen des Allheilmittels Boisson Blanche verkauft.

Drei Kranke starben, zwei am selben Tag: der alte Schäfer Dominique und der Mathieu Jugis, die allein im Dreck lebten – wenn keine Frau im Haus ist … Die vermisste niemand. Doch die arme Agnès, der das Fieber die Schwangerschaft verleidet hatte, raffte es dahin, nachdem sie mit zwei Buben niedergekommen war.

Und so mussten sie den schönsten Frauenkörper von Orpierre-d'Asse zu Grabe tragen … Der Antoine mit seinen drei Kleinen auf dem Arm – dem Ältesten, der gerade anfing zu laufen, und den beiden acht Tage alten Säuglingen – und die Dorothée, die der Agnès wie eine Mutter gewesen war, wollten nicht mehr leben.

Die Pélagie steigt von oben herab, um ihre Besorgungen zu machen, sieht nach den Kranken, hat keine Angst, sich das Fieber zu holen. Und überhaupt, was riskiert sie schon? Am Fluss zu schlafen hat ihnen allen das eingebracht; sie dagegen hält sich an das Sprichwort: Iss, wo du willst, aber schlafe, so hoch du kannst … Überm Arm den mit schwarzem Lüster ausgebesserten Korb, kam sie zur Bäckerin, nachdem sie sich an der Steinkante den Lehm von den groben, rindsledernen Schuhen geklopft hatte; der Regenschirm aus zusammengeflicktem blauen Kretonne, dessen blank polierter Griff ein Astknoten ist, tropfte bis zur Tür.

»Das ist wieder ein Wetter!«, sagte die Pélagie.

»Red' mir bloß nicht von diesem elenden Wetter! Da kann ja kein Mensch gesund werden.«

Die Bäckerin fröstelt. Sie schließt hinter sich die Türen, hüllt sich fester in den Umhang. Ihre Hände und ihr Gesicht sind stumpf: Als hätte sie sich drei Tage nicht gewaschen. Das Fieber kommt und geht.

Nachdem sie das Brot gewogen hatte, schnitt sie noch eine Scheibe ab, um zwei Kilo vollzumachen.

Die Pélagie schaute bei der Dorothée vorbei.

»Während ich da bin, könnten wir die Betten machen, wenn dir danach ist. Zieh sie schon ab, solange ich am Brunnen deine Krüge fülle.«

Dann ging sie zur Anna, die, an ihren Ofen geschmiegt, sagte, die Luft im Laden sei eisig, wenn die Leute sie störten.

»Es ist nicht kalt«, widersprach die Pélagie, »das Fieber macht, dass man friert.«

Sie fügte hinzu:

»Soll ich deine Gemüsesuppe aufsetzen?«

Beim Möhrenschälen leierte sie in einem fort, lästig wie der Regen:

»Der Feuchtigkeit hier unten, der habt ihr das zu verdanken! Vor allem den weißen Schwaden, die morgens und abends von der Asse aufsteigen. Wie Kranke, die sich dahinschleppen.«

»Ja, es ist dieser Nebel, der kriecht einem in die Knochen«, erwiderte die Anna.

Sie erschauerte.

»Es ist, als hätte man ein feuchtes Laken überm Rücken.«

»Da oben, im Trocknen, in der guten Luft«, sagte die Pélagie, »da haben wir nie so ein verflixtes Fieber erlebt. Die Kinder waren nicht blass wie hier. Sie waren nicht so anfällig, hatten keinen Schnupfen … Es ist wie mit dem Getreide, das taugt auch nichts, hier unten: Immer hat es den Rost. Seinerzeit hatten wir zwar mageres, aber gesundes Getreide. Trockenheit bringt niemals Hungersnot … Ihr hattet euch alle in den Kopf gesetzt, herunterzukommen. Als würden euch hier die gebratenen Tauben in den Mund fliegen, Milch und Honig fließen! Ihr dachtet, ihr könntet den Mond mit den Zähnen schnappen.«

Sie ging aus dem kleinen Schuppen im Hof einen Armvoll Scheite holen, die sie in die Kiste legte, bestückte den Ofen neu und fuhr fort:

»Jetzt habt ihr sie, die Kehrseite eurer Medaille! Und euch fehlen die Pflanzen, um euch zu kurieren. Die guten Kräuter, die das Blut reinigen, wachsen nicht in eurem verflixten Schlamm, in euren Krötensümpfen.«

Ihre Zunge lässt sich nicht lumpen, unermüdlich zieht sie her über das Dorf und die Leute hier unten, und die Anna kriegt den ganzen Schwall ab.

Das Wetter war noch immer übel.

Alle glaubten felsenfest und ebenso überzeugt wie die Pélagie, dass die Nebel, die die gute, gesunde Luft verdrängten und aufzehrten, schuld an der Ansteckung waren. Sie begannen schwarzzusehen, umso mehr, als sie geschwächt waren. Ihr schöner Schneid war zerronnen wie Wasser, sie ließen sich gehen und alles mit sich geschehen wie Äste, die in der Asse treiben.

Man vermisste das alte Dorf aus Haut und Knochen, das windgepeitschte Geröll, das Dorf der Steinhaufen und Disteln, wo der Pflug auf Felsen stieß, das lichte Dorf mit seinen steilen Abhängen, seinen holprigen Wegen, die gerade in den Himmel führen!

Endlich riss unten, Richtung Oraison, der Himmel auf, das Wetter besserte sich nach und nach und gab den Hügelrücken wieder frei. Eine schöne Sonne wanderte unbehelligt durchs frische Blau, ohne mit ihren strahlenden Füßen in Klumpen von Ruß und Dreck hängenzubleiben.

Sie staunten ob der Tiefe des Himmels über ihren Köpfen.

Man beschloss, die Luft zu reinigen, indem man gute Kräuter verbrannte, solche von oben, die die Gesündesten holen gingen:

Thymian und Lavendel, Bohnenkraut, Rosmarin und Ysop und andere mehr. Alle Pflanzen des Hügels sind geeignet. Die Pélagie brachte große Beutel voll davon herunter.

In allen Kaminen entfachte man Feuer.

Man verbrannte sie auch in alten kupfernen Bettpfannen und Kesseln, inmitten der Zimmer, die stark nach Fieber und abgestandener Luft rochen, den üblen Dünsten der finsteren, stickigen Alkoven. Über den knisternden Flammen wendeten die Frauen Hemden, die sich blähten, um sie den Kranken überzuziehen.

Und dazu verbrannte man draußen Kräuter vor jeder Tür.

»Das wird die schlechten Keime töten!«

Der Rauch drang in alle schmutzigen Winkel, dick, blau, aromatisch. Wogend wie eine große Schlange.

Sie saugten ihn ein mit geweiteten Nasenflügeln, voller Inbrunst und Glauben.

Die Kranken genasen!

Selten kommt es einmal vor, dass am Waschplatz, im Schatten der Weiden, nicht zwei oder drei Frauen im Kasten knien und flussabwärts das Weißzeug einseifen, während ein Stückchen weiter oben im Spültrog die bunte Wäsche erblüht.

Goldgelb wie eine Traube kommt die Berthe auf dem Weg vorbei, am einen Arm den Strohkorb, aus dem ein langes Brot herausragt, am anderen den alten speckigen Post-Almanach, aus dem ihr die Pélagie eine Schulmappe gefertigt hat.

»He, Berthe, balg dort oben nicht so viel mit den anderen Kindern«, ruft ihr die Mélie zu, um sie zu ärgern.

»Man sieht, dass diese Kleine nur die Großmutter hat, um sie herauszuputzen«, kommentiert die Sophie.

»Ihr Kleid ist zu lang. Nichts als dunkle Sachen trägt sie.«

»Die sind nicht so empfindlich, da braucht man weniger Seife!«

»Die Kleine wird sich schon noch mausern, wartet's nur ab«, sagt die Dorothée, »An ihr ist nichts auszusetzen!«

Die Berthe beeilt sich, denn es ist spät, die Leute kommen bereits aus der Vesper.

Sie hat den direkten Weg eingeschlagen, der einem den Atem nimmt, zwischen wild duftenden, von Rost befallenen Buchsbaumsträuchern.

Da droben ist ihr die Pélagie bis zur Biegung mit dem Häuschen vom Heiligen Rochus entgegengekommen, wo die Luft mit einem Mal peitscht. Sie empfängt sie, die Hände in die Hüften gestemmt.

»Hast du wieder nach vier mit den anderen Kindern an der Asse herumgeplanscht?«

»Nein, wir haben hinter der Kirche Backsteine gestapelt, mit der Rosine Arnaud und der Guite Roux.«

Die Pélagie nimmt den Korb. Die Berthe, deren Wangen wie die Beeren vom Feuerdorn lodern, klopft ihre Schürze ab, aus der noch etwas roter Staub rieselt, dann spielen ihre tintenverschmierten Finger mit dem kleinen Schlüssel des Federkastens, den sie an einem Bindfaden um den Hals trägt.

Diese Kleine könnte immer nur spielen. Im Sommer, wenn die Tage nicht enden und sie unten bei den anderen Kindern ist, findet sie kaum noch herauf.

Das Wasser fließt unter der Brücke hindurch, und unbemerkt vergeht die Zeit. Aber die zwei mal drei Jahre, die verronnen sind, haben der Berthe nicht geschadet.

Sie wird nicht mehr wütend, wie früher, wenn man ihr sagt, dass sie der Pélagie ähnelt: Sie kann wohl ihrer Großmutter ähneln, ohne deshalb wie ein modriger und schwarzer zerfurchter alter Baum auszusehen.

Ihrem kleinen schiefen Spiegel vertrauend, hat die Berthe lange Zeit geglaubt, sie sei hässlich. Jetzt hat sie in den Augen der jungen Burschen und der alten Männer ihre Erscheinung und ihr wahres Gesicht erkannt. Braun gebrannt, mit drallen Waden, glänzend wie eine Garbe, ist sie ungehindert aufgewachsen. Ihr Körper hat sich geschmeidig emporgereckt, gleich einem Weidenspross. Sie funkelt wie ein Stern. Ihre frischen Augen strahlen weithin. Doch ihr Charakter wird stachelig.

Mit der Pélagie läuft es manches Mal nicht mehr so gut wie früher.

»Hättest auch gar nicht mehr heraufkommen brauchen!«

»Als ob ich so lange fortgeblieben bin. Bei der Anna waren viele Leute, ich musste warten.«

Die Berthe kann stundenlang kein Wort sagen, keine Miene verziehen.

Das ist das Flegelalter, denkt die Pélagie.

In Wahrheit beginnt es der Berthe vor dem alten Dorf zu grausen, durch das am hellen Mittag, von Nord nach Süd, der bronzene Ruf der Eule hallt.

Sie verzehrt sich vor Langeweile, während unten das Leben tönt, im neuen Dorf, wo alles zugleich erklingt: der Gesang der jungen Mädchen, die lauten Stimmen der Burschen, Streitereien, der vermengte Lärm aller möglichen Arbeiten, im Dorf, das lebendig und turbulent ist wie die Asse!

Die Berthe weiß nicht mehr, was sie sich noch ausdenken soll, um hinunterzugehen, und so verfällt sie darauf, Brot zu verstecken, Petroleum wegzugießen …

Sonntag. Die Nacht verschlingt die Dämmerung, nur die groben Umrisse der Dinge sind noch zu erkennen. Die Augen der Katze beginnen wie Laternen zu leuchten.

Zurück vom Füttern der Kaninchen und der Ziege, schließt die Pélagie den Fensterladen, verriegelt ihn und zündet die Lampe an, nachdem sie die Bohnensuppe zum Aufwärmen auf den Herd gestellt hat.

Draußen erhebt der Wind die Stimme, ein Jahrmarktgeschrei, möchte man meinen. Sie tadelt die Berthe, die das Nähzeug zur Hand genommen hat.

»Was sollen wir denn tun? Wir kommen hier noch um vor Langeweile!«

Neben ihr sitzt die Katze auf einem Stuhl und schärft sich die Krallen am Bast. Unten muss der Wind die Stalltür aufgerissen haben, denn man spürt einen Luftzug, und die Lampe spinnt einen Flammenfaden. Die Pélagie geht sie wieder verschließen. Abrupt dreht sich die Berthe auf ihrem Stuhl herum, wirft das Geschirrtuch aus altem Matratzenstoff, das sie gerade neu umsäumen wollte, auf den Tisch, streckt sich.

»Das ist kein Leben …«

»Was sagst du wieder?«, fragt die Pélagie, die gerade zurückkommt und nicht taub ist.

»Ich habe mit der Katze gesprochen …«

Keine von ihnen verschwendet ihre Worte.

Die Berthe seufzt so schwer, dass man meint, sie hätte einen Felsbrocken auf dem Herzen.

Drückendes Schweigen lastet zwischen den beiden Frauen, die, jede für sich, ihren Gedanken nachhängen, einander so fern, als würde das Tal der Asse sie trennen.

Auf dem Feuer beginnt der Teekessel, in dem kaum Wasser ist, zu pfeifen, dann zu brummen. Es klingt wie eine Herde, wie Viehglocken hinter der Straßenbiegung …

Gegen drei Uhr hatte es über Digne ein schweres Gewitter gegeben. In den Hochtälern türmten sich noch die Wolken wie abgestürzte Granitbrocken. Nebel hatten sich in den Pinienwäldern verfangen, und der Wind blies hinein. Es sah aus, als ob die Pinien rauchten.

Unten nach Aix zu zeigte sich schon der Himmel, doch gegenüber, am Mont Denier, dessen alter, kahler Buckel schwarz unter den Wolken aufragte, blieb er ganz verhangen. Über ihnen schien es jetzt auch etwas aufzuklaren: Hier und da blitzten Himmelsflecken durch wie reingewaschene Keramik aus Moustiers, Bergzipfel mit glänzenden blank gespülten Felsen, frischen Pinien.

Aufrecht an der Mauer sitzend, verliest die Berthe Linsen für die Suppe. Mit dem Zeigefinger schnippt sie blitzschnell Steinchen, Bitter-Wicken, tote Käfer vom Teller. In ausgetretenen Sandalen und ohne Strümpfe überkreuzt und löst sie immer wieder ihre bloßen Fesseln, betrachtet sie verstohlen. Wenn sie den Teller leert, prasseln die Samen in den Topf zu ihren Füßen. Die Pélagie bereitet die Rüben und den Lauch vor.

Zwischen weißen Wolken ist die Sonne wieder ganz durchgebrochen und sticht wie eine Distel. Die heiße Hauswand und der sackleinerne Vorhang an der Tür sind schwarz vor Fliegen.

Von Estoublon bis Brunet, vorbei an La Bégude und dem neuen Orpierre wälzt die dreckige Asse ihren Schlamm und brodelt. Man hört sie tosen wie eine stürmische Brandung.

Das neue Dorf unten in seinem Flachland und den Auen, mit seinen Espen, so weiß, als stünden sie in voller Blüte, seinen roten Dächern, wirkt noch neuer nach dem Regen.

»Wenn man wüsste, ob sich das Wetter entschließt, besser zu werden oder nicht«, sagt die Pélagie.

»Schau, dort unten!«

Ein Gewitter hängt jetzt über Gréoux, gestreifte Wolken wie die Falten eines schweren Vorhangs; ein anderes geht auf Puimoisson nieder, es ist blau, massiv, undurchdringlich. Nach Mezel zu wird es schwarz.

»Wie muss es schütten in Puimoisson!«, sagt die Berthe.

Die Donner grollen von dort oben. Man könnte meinen, bei Seyne stürze das Gebirge ein. Nebelschwaden erreichen Estoublon.

»Sie bessern dieser Tage den Deich aus«, sagt wieder die Berthe. »Oberhalb der Brücke. Die Hortense hat gut zu tun, sie hat mindestens ein Dutzend Arbeiter der Brückenverwaltung da.«

»Das war auch bitter nötig, dass sie dort Hand anlegen! Und doch werden sie sie nicht halten.«

»Wen?«

»Die Asse.«

Ein Schwall Galle steigt der Pélagie in die Kehle. Es überkommt sie immer wieder, in bitteren Schüben, dieses Bedürfnis, gegen die dort unten zu wettern.

»Passieren wird es so oder so. Sei's den einen oder den anderen Tag, oder in der Nacht, dass sie aufwachen, und ich nicht da sein wollte, wo sie sind.«

»Nein!«

»Herzchen, du bist jung und noch ganz grün hinter den Ohren, du hast keine Ahnung!«

Der Wind hat sich von allen Seiten erhoben und peitscht kleine Wirbel auf: Das ist der Wind, der dem Regen vorausgeht.

Die Berthe hat die Linsen hereingebracht und kommt mit dem Dreieckstuch wieder heraus, das sie der Pélagie über die Schultern legt. Gerade zu, über dem Mont Denier, ist die schwarze Wand aufgebrochen. Im Gänsemarsch ziehen Wolkenbrocken gen Norden ab, und ihre Schatten gleiten übers Gebirge. Über den Felsen von Moustiers herrscht ein seltsames Licht, das aus den Tiefen der Schlucht zu dringen scheint … Im Département Var ballen sich blaue Wolken zusammen, kompakt wie Berge und scheinbar mit den Bergen verwachsen.

Wie aus einem Brunnenrohr sprudelt Pélagies Schimpftirade gegen die da unten, denen die Ohren klingen müssen.

»Ohne Sinn und Verstand! Einer ist hinuntergezogen, der Nächste ist ihm gefolgt, und alle anderen hinterdrein, stumpfsinnig wie Schafe, die sich in eine Felsklamm stürzen. Er war teuer, dieser steinerne Damm, und teuer ist es, ihn zu erhalten. Für die Asse zählt er nicht! Nicht mehr, als wenn er aus Lehm wäre. An dem Tag, an dem es ihr gefällt, hinüberzutreten oder ihn einzureißen, können sie ein paar schöne Vaterunser beten. Warum nicht gleich mit den Sternen reden! Ihre schönen Luzernen- und Artischockenfelder, ihre Gärten mit fruchtbarer Erde, ihre Handvoll Häuser und selbst die Brücke aus Steinquadern, all das ist für mich nicht so sicher. Sie sitzen seelenruhig in ihren Weinbergen, unter ihren Feigenbäumen, aber das könnte sich ändern …«

Weiß vor Zorn, kann die Pélagie nicht zurückhalten, was sie zu sagen hat.

Um zu prüfen, ob es regnet, streckt sie die Hand aus, die dürr und knorrig ist wie Holz. Ein großer blauer Blitz zittert über Puimoisson …

»Wasser ist schlimmer als Feuer. Feuer kann man beherrschen, Wasser beherrscht man nicht. Das Feuer lässt zumindest den Ort. Das Wasser reißt selbst den Ort mit sich fort!«

»Du übertreibst!«

»Denkst du. Arme Kleine! Sie werden es schon noch sehen, sage ich dir. Und die aus Brunet? Ist es etwa eine Mär, was denen passiert ist? Als sie alle ruhig wie die Ölkrüge in ihren Betten schliefen und die Asse ihr Land überflutet und einen Meter Geröll zurückgelassen hat? Willst du ein paar Steine? Bitte sehr. Sie mussten alles aufgeben und sich ihr Brot in Oraison, Marseille oder Gott weiß wo verdienen gehen. Wenn die Leute, die auf dem Weg vorbeikommen, jetzt sehen, was aus ihrem schönen Tal geworden ist, in dem jedes noch so kleine Fleckchen bestellt war, pfeifen sie vor Verblüffung und schnalzen mit den Fingern!«

Das Brausen der Asse nimmt zu. Der Wind von den Bergen um Seyne, die nun weiß sind, riecht nach Schnee. Der angeschwollene Fluss hat Kiesbänke begraben, Weidenröhricht überschwemmt, Auen erreicht. Sein Konzert verstärkt sich zum Abend hin.

Über Saint-Jurs verschmelzen Wolke und Berg zu einem einzigen Block. Unter sich sehen die beiden Frauen, wie die Dunstschwaden nach dem neuen Dorf lecken, während die Pélagie weiter von verlorenem Ackerland redet, von obdachlosen Menschen …

Im Tal kann man die Häuser und die Espen kaum noch erkennen, ertränkt im Nebel, der wabert, vom Wind geschüttelten Laken gleich. Das, zusammen mit dem Schnauben der entfesselten Asse, macht einen ganz schwindlig. Dächer und Bäume scheinen sich zu bewegen, im Strom davonzutreiben …

Unterm prasselnden Regen sind sie diesen Sonntag, mitten in der Messe, hinausgegangen, um nach dem Fluss zu sehen. Die Männer sind gelaufen, um Pinien zu fällen …

Faulige Wolken ballten sich am Himmel; ein Wetter, dass einem übel wurde.

Zehn Mal am Tag wiederholte man beim Anblick der Asse:

»Sie schwillt an …«

»Gestern ist das Wasser bis zur Eiche vom Bérard gestiegen«, meint der Mable Arnoux, »heute früh ist es wieder bis zur zweiten Pappel der Armands gesunken.«

»Sie narrt uns …«

Jedes Jahr nagt die Asse dem Clermond Gilly ein Stück Land weg, so groß wie das Zimmer. Der Firmin Bérard sagt mal wieder:

»Einen Dickschädel wie den vom Clermond braucht es dafür schon. Wie kommt man drauf, dieses Stück zu bebauen? Früher oder später wird es dahin sein!«

In einem fort über das Wetter schimpfend, das er einen Mistkerl und Feigling schilt, geht der Clermond jeden Morgen nachsehen, wie sich die Dinge über Nacht entwickelt haben. Einmal, schließlich, kommt er wieder mit einer Miene, die schon alles sagt. Seine Arme hängen herab, die Knie werden ihm weich. Seine Frau ist auf der Straße, im Hemd, eine glatte Strähne schaut unter ihrer Haube hervor.

»Die Luzernen?«, ruft die Dorothée.

Er fährt sich mit der Hand über den Mund, wie um zu sagen: Futsch!

»Und?«

»Die Asse ist über die Ufer getreten, das Wasser hat alles ausgewaschen. Es ist auch in den Garten eingedrungen, in die Rüben. Einige sind ersoffen. Die Bohnen sind ganz voller Sand. Gehst du hin?«

Die Dorothée bringt es nicht über sich, nachzusehen. Sie kehren zurück mit schweren Schritten, als schleiften sie eine Ladung Kies hinter sich her.

Der Clermond schiebt den Teller aufgewärmte Suppe von sich.

Zu Mittag essen sie den Rest kaltes Omelett. Die Dorothée konnte sich nicht zum Kochen aufraffen, und auf dem Tisch fehlt die Hälfte:

»Dorothée, Salz … Du hast vergessen, Wein heraufzuholen … und Essig!«

»Clermond, hast du wenigstens daran gedacht, die übrigen Rüben für die Lämmer zu schneiden?«

Einen Moment lang sind sie wie erstarrt. Die Gabel vom Clermond bleibt samt Kräuteromelett in der Luft hängen, die Dorothée hält den dicken Laib Brot an sich gedrückt, in dem noch das Messer steckt.

Das Getöse der Asse hat sich verdoppelt, es klingt, als wäre sie bei den ersten Häusern … Schon sind sie draußen, bleich, stammelnd, die Dorothée mit ihrem runden Brot im Arm. Wieder stehen sie Todesängste aus, die Herzen aufgewühlt wie die Wogen der Asse …

Die Straße ist voller Leute. Viele schlucken einen letzten Bissen herunter. Ihr Atem riecht nach Öl, Zwiebeln und Wein.

Ein Schrei:

»Die Asse kommt!«

In einer Reihe laufen sie zum Fluss, zum Stück vom Clermond Gilly, über Kartoffelfelder und Bewässerungsgräben. Sie kürzen ab durch den Kohl vom Hilarion Amiel. Die Marcelle vom Jules und die Louise Armand haben ihre Säuglinge auf dem Arm. Die Kinder folgen ihnen. In den dicken Erdklumpen kommt die alte Phrasie Trichaud nur langsam hinterher.

Am Ufer hört man zwei Geräusche: das des nahen Wassers, klar, flüssig, mit seinem vermengten, vielstimmigen Gurgeln, dem Klatschen der eilenden Wellen gegeneinander oder gegen die rundgeschliffenen Kiesel; dieses Geräusch macht ihnen keine Angst. Das andere aber, das von Estoublon zu kommen scheint, oder vielleicht von weiter oben, hört sich an wie eine wütende, sturmgepeitschte Brandung, erfüllt das gesamte Asse-Tal, jagt ihnen kalte Schauer über den Rücken … Es schwillt an …

»Wie es tost!«

»Was wird das geben!«

Die alte Phrasie Trichaud, die ein wenig abseits zur Gruppe gestoßen ist, betet die eisernen schwarzen Perlen ihres Rosenkranzes herunter, fleht laut zur Jungfrau Maria, der Gebieterin stürmischer Wogen …

Von den Flussinseln fliegen Rabenschwärme auf.

Mit gewaltigen schrägen Hieben bearbeitet der Auguste Bérard die Schirmpinie am Ende des kleinen Weges über dem Fluss, so energisch, dass die Axt jedes Mal im Stamm stecken bleibt und er sie wieder herausreißen muss. Rinde und dicke Holzsplitter, schwer vor Saft, spritzen auf. Der Antoine Ripert hackt von der anderen Seite. Es riecht nach Harz.

»Genug!«, sagt der Auguste.

Sie stemmen sich gegen den Baum, die Adern auf ihren Händen treten hervor. Die Pinie birst, dann stürzt sie, und ihre Nadeln rascheln zwischen den Saubohnen der Mélanie Ricard.

Ein Stück weiter haben der Félicien und der Mable Arnoux die Pappel gefällt.

»Es ist eine Schande, diese Bäume hier zu schlagen, so nah am Wasser«, sagt der Hilarion, »sie halten die Erde besser als jede Mauer. Aber was soll man machen?«

»Eine Schande ist es trotzdem«, bekräftigt der Flaminius.

Jetzt ist nicht der Moment für Gebete: die Trichauds rennen ins Weinfeld mit Stangen und Seilen, man schleift die schöne Pinie her, deren Krone den Sauerampfer, die Melonen und Bohnen umpflügt. In Schweiß gebadet, rammen der Félicien und der Auguste mit abwechselnden Hammerschwüngen den letzten Pflock ein. Es ist vollbracht; sie prüfen, ob er auch wirklich fest sitzt. Die Pappel und die Pinie sind endlich vertäut.

Der Florimond schreit erbost seine Frau an, dass sie sofort hineingehen soll: Der Kleine hat kein Mützchen auf und ist ganz blass vor Kälte!

Man scheucht die Kinder zurück. Angespannt, ohrfeigt der Félicien eines von ihnen, das erstbeste, das ihm unterkommt. Die fünf Finger hinterlassen Abdrücke auf der Wange. In solchen Momenten kann man das nicht zwischen den Füßen gebrauchen!

»Die Asse!«

»Da kommt sie!«

»Ho … Ho …«

»Miststück!«

Der Flut geht ein gewaltiger Windstoß voraus, der die Pappeln krümmt, das Weidenröhricht aufs Wasser niederdrückt, die Eichen durchschüttelt. Dann rast sie heran gleich einer Horde galoppierender Pferde, das Wildwasser über dem anderen, wie eine Wand, die beiden Wasser in verschiedenen Farben scharf voneinander getrennt, die Sturzflut gelber, dicker und schneller mit ihrem Sturmtrupp schaum- und schnörkelbekränzter Wogen.

Sie sind zehn Schritte zurückgesprungen.

Begleitet von Donnergetöse und einem Luftstrom, der nach Gebirge riecht, rauscht der Fluss vorbei, in seiner Mitte eine Eiche wirbelnd, die mal die großen, lehmtriefenden Äste, mal das Wurzelwerk emporreckt. Granitblöcke, an denen sich Strudel bilden und deren Kanten abwechselnd aus dem Wasser ragen und darin versinken, rollen polternd hinab. Ein Felsen rammt seinen Schädel gegen die Espe, die aufschreit. Das Bäumchen wird von den Strudeln unsanft fortgerissen.

Eine große Pappel hat sich, von der Insel aufgehalten, quergelegt.

Fluchend ballt der Auguste Bérard die Faust, wirft seine Kappe in den Spinat und rauft sich die Haare.

»Oh nein!«

»Das hat gerade noch gefehlt!«

Genau auf das Feld vom Clermond richtet die Pappel einen Strahl, der heranprescht wie eine Rinderherde.

Zum Glück bremst der schwarze, zerzauste Kopf der Pinie, die sich, hin und her gerissen, vor das Feld geworfen hat, die zerstörerische Kraft. Rauschend bricht die Woge, zerrinnt in der Masse lebendiger, fester Nadeln, die sich ihr entgegenrecken. Regentropfen rollen wir Perlen übers Wasser.

Die Dorothée und ihr Mann stehen da, aufrecht, weil es sich so schickt, aber wie lebende Menschen sehen sie trotzdem nicht aus. Die anderen umringen sie, die Frauen nehmen die weinende Dorothée in die Arme.

»Diesmal hat das Miststück dein Feld nicht bekommen …«

Dort oben, im alten Orpierre-d'Asse, hat der Auguste Bérard zwei Nachmittage in deren Geröllacker geschuftet. Derart verkrautet und voller Steine ist es da, dass man meint, der Boden hätte noch nie eine Hacke gesehen.

Er hat haufenweise Brombeer- und Eichengestrüpp und alte, begrabene Rebstöcke, aus denen verwilderte Weinranken sprossen, gerodet.

Bei halb geöffneter Tür wäscht die Pélagie ihre Teller, wobei ihr nur das Huhn mit dem kahlen Hals Gesellschaft leistet, das sonnentrunken, mit trägem, dümmlichem Gackern und ruckendem Kopf hinein- und hinausläuft.

Es riecht nach Rauch, und der Eingang verdunkelt sich.

Der Auguste Bérard brennt das Feld ab, denkt die Pélagie.

Sie fragt sich, was er damit vorhat.

Als die Teller und der Tiegel umgestürzt auf der Platte liegen, das Geschirrtuch am Nagel hängt, geht sie hinaus, zwei Reisigbündel holen, und nimmt dabei den Weg am Geröllacker vorbei.

»Das hast du ordentlich ausgeputzt, Auguste«, sagt sie zur Begrüßung.

Man bekommt keine Luft. Grün, stämmig wie eine Eiche, erhebt sich schwerfällig der dicke Qualm. Das Feuer schnalzt wie eine Peitsche.

»Das sah gar nicht mehr aus hier«, antwortet der Auguste.

»Wenn man die Erde sich selbst überlässt …«

Der Auguste, sonnenverbrannt, breit gebaut wie ein Mandelbaum, ist wahrlich keine halbe Portion. Ganz gleich, was er tut, man meint, es sei nicht genug für seine Kraft. Wie seine festen Locken die schmutzige Kappe zurückdrängen, das erinnert an die Kraft des Wassers. Eine Kordel hält an der Taille seine Hosen aus grobem Samt.

Gibt es ein widerspenstiges Fohlen zu bändigen, ein zu lange eingesperrtes Vollblut aus dem Stall zu führen, der Auguste übernimmt es. In dem Jahr, in dem er sich zur Trüffelsuche verdingt hatte, trug der stramme Bursche den 30 Kilo schweren Trüffelsack in einem Rutsch von Riez nach Montagnac, ohne die Schulter zu wechseln.

Und dazu das fröhliche Gesicht von einem, der die Dinge nimmt, wie sie kommen; kurz gesagt, er erstickt nicht am bösen Blut.

»Seit wann bist du also vom Dienst zurück?«, sagt die Pélagie.

»Zur Weinlese waren's zwei Jahre.«

»Und was willst du anfangen mit diesem Stück?«

»Lavendel. Morgen komm ich mit dem Maulesel zum Pflügen.«

Als er am nächsten Tag alle Schritte einen Setzling in die Furchen gab, hat sich die Pélagie zu ihm gesellt. Dieser Bursche, der ein altes vergessenes Feld umgräbt, der will ihr wohl gefallen.

»Das war eine gute Idee von dir, Auguste, hier Lavendel zu pflanzen.«

»Der Lavendel begnügt sich mit kargem Boden und braucht es trocken.«

»Wenn man denkt, was das hier für ein guter Acker war, als ich so alt war wie du. Dein Großvater, der selige Célestin, säte ein Jahr Weizen, ein Jahr Süßklee, er holte manchmal vierzehn Fuder raus, ohne Dünger.«

»Kaum zu glauben. Dann war das, bevor der Riou abstürzte?«

»Es war das gesamte obere Viertel, was abgestürzt ist. Ansonsten, vor diesem Unglück, war es hübsch hier. Da, wo du die Buchsbäume siehst, wurde bewässert. Der Großvater vom Félicien pflanzte dort Luzernen, sie hatten eine Kuh. Bei dem Wacholder dort, ein Stück weiter, gab es große Weiden, ich sehe sie noch vor mir …«

»Das kann man sich kaum vorstellen.«

»Und zur Zeit der Ahnen, lange vor mir, die ich schon alt bin, muss es noch schöner gewesen sein, denn das ganze obere Tal der Terres-Rompues hieß damals ›die Seide‹ und das mittlere ›der Spross‹. Durchs dichte Grün strömte der Gesang der Vögel wie ein üppiger Bach, das Tal blühte wie eine Iris … Nach und nach hat sich das Land dann gewandelt, ist ausgetrocknet, bis zu dem Unheil, das alles beendete. Das, ja, das habe ich gesehen, mit eigenen Augen gesehen. Eines schönen Morgens bemerkten wir es, und, bitte, da hatte es seit dreiundfünfzig Tagen nicht geregnet. In der Nacht ist es passiert. Das war hässlich, sage ich dir. Weiter oben als diese Eichen, rechts, hatten die Antonin Ricards, die du nicht mehr kennengelernt hast, ihren ganzen Grund. Ihr Weinberg sah aus wie das Bett der Asse. Wir haben ihnen geholfen. Vom Präfekten gab's einen feuchten Händedruck. Trotzdem waren sie zum Betteln gezwungen.«

Man weiß nicht, ob der Auguste so recht zugehört hat. Er scherzt mit lässiger Miene:

»Anders gesagt, hier bekommen die Vögel nur zu trinken, wenn es regnet?«

Er fügt hinzu:

»Und Wind habt ihr sicher nicht zu knapp!«

Errötend wie ein Mandelbaum ist die Berthe herausgekommen, um Wäsche auszubreiten.

Sie trägt den hellen Weidenkorb auf der Hüfte, stellt ihn zwischen zwei Eichenwurzeln ab, bückt sich, nimmt die blau karierten Geschirrtücher Stück für Stück heraus, die sie auswringt und dann aufschüttelt. Sie breitet sie über Thymiansträucher, tote Zweige. Der Auguste lässt sich keine ihrer

Bewegungen entgehen, die schöner sind als die der vom Wind gewiegten Pflanzen.

Sie würde gerne näher kommen, bleibt aber etwas abseits, wegen dieses Sturzbachs, der in ihr tost und springt, sie schüttelt und ihre Hände zittern lässt …

»Es ist schön sonnig«, sagt die Pélagie.

»Das bleicht gut«, antwortet der Auguste.

Ansonsten sagt er nicht viel, der Anblick des Mädchens genügt vollauf zu seinem Glück, ein Glück, das sprießt wie eine Pappel.

An die Eiche gelehnt, stopft die Pélagie die Sohle eines groben, ehemals schwarzen, von den vielen Laugen ausgeblichenen Baumwollstrumpfs. Hin und wieder bückt sie sich, um ein trockenes Blatt oder eine Piniennadel aus dem Knäuel zu zupfen, das über den Boden rollt.

Gegenüber, weiter entfernt als die kalten Nordhänge: die Abbruchkante der Telle, an der man, als wären sie in Rufweite, jede Pinie und jeden Ginsterbusch erkennen kann und, gleich einer Narbe, die Straße mit ihren Serpentinen.

Einstimmig rauschen Wind und Asse, wie Orgelflöten …

Der Berthe ist die Zunge schwer, doch ihr Lächeln strahlt wie eine Espe am Ufer …

Einen so schlecht gepflegten Lavendel wie den vom Auguste Bérard gibt es kein zweites Mal. Er sieht gewissermaßen zum Fürchten aus. Die Quecke verschlingt alles. Dabei geht er oft hinauf, sich um das Feld kümmern, wie er seinem Vater erzählt. In Wahrheit schwirrt er beharrlich wie eine Bremse am Mittag um die Berthe herum.

»Ich werd's mir bald mal ansehen«, sagt der Firmin. »Wieviel hast du gepflanzt?«

»Dreitausend Fuß. Er ist schon ganz hübsch.«

Die Pélagie, in der, gleich dem Schössling aus einem schwarzen Stumpf, eine neue Hoffnung keimt, begreift, worum es geht: Die Berthe und der Auguste wollen einander. Wer weiß, ob sie sich nicht hier oben niederlassen könnten? Lavendel ist heute die Zukunft …

Sie plaudert gern mit dem Auguste:

»Willst du nicht noch ein Stück bepflanzen? Unter den Brombeeren, man möchte es nicht meinen, aber das scheint nicht das schlechteste zu sein.«

»Ich könnte es ausprobieren.«

»Der Lavendel der hohen Lagen hat mehr ätherisches Öl, weißt du, er ist viel einträglicher als der andere.«

Hätte die Pélagie dem Auguste gesagt, dass alle mit stacheligem Gestrüpp gespickten Äcker des früheren Orpierre umzugraben sind, er hätte nicht widersprochen. Er lässt der Alten die Idee, von der er ahnt, dass sie in ihrem Kopf Blüten treibt. Im Grunde weiß er ganz genau, dass er sich nicht dort oben niederlassen wird: Das Maultier würde vor Durst umkommen. Eher ginge die Sonne im Westen auf oder im Tal der Terres-Rompues würden statt Dornen Lilien und Zypressen wachsen! Der Stein steigt nicht wieder hinauf, er rollt.

Alle Mauerspalten, alle Ruinen haben sie gesehen. Der Auguste erkannte die Berthe, ihr glatter, sonniger Körper barg kein Geheimnis mehr für ihn, köstlicher als Pfirsichsaft, wohlriechender als ein Mandelbaum, Basilikum oder der Westwind, weicher als Trauben, ein Schaff goldbraunes Getreide oder kühles, rinnendes Wasser! … Inmitten des Felsmassivs, im Duft der Pinien, unter den Zedern, sprudelt der Quell hervor …

Die Pélagie ist ihnen oft begegnet. Eines Abends, als sie vom Schneiden der belaubten Eichenzweige für die Ziege zurückkehrt, sieht sie den Auguste auf Trümmern, wie er der Berthe die Hand reicht, um ihr aus einem Haus herauszuhelfen, das ein Feigenbaum ausfüllt. Die Mauer ist über der türlosen Schwelle eingestürzt.

Die Kleine, deren Haar gelöst ist, hat rote Male am Kinn und um die Lippen. Die beiden schauen schief aus der Wäsche, wie die Pélagie plötzlich vor ihnen steht. Der Auguste klopft der Berthe hinten die Erde vom Kleid. Ihre Schulterblätter sind weiß von Gipsschutt.

Mal macht die Pélagie ihnen Vorhaltungen, mal tut sie so, als bemerke sie nichts. Dieses halsstarrige Mädchen lässt sich ohnehin nichts sagen.

Was nützt das ganze Gerede?, denkt sie. Da kann man genauso gut mit einem Knüppel auf die Asse eindreschen …

Die Sonne ergießt über den Südhang Ströme ihres warmen Öls. Gegenüber, auf den Hängen und in den Schluchten mit all ihren klaren, nackten blauen Felsreliefs, ein satter Himmel, frisch wie Wasser.

Am ausgetrockneten Bach sind der Auguste und die Berthe halb ins neue Dorf hinabgestiegen. Unter den Steineichen mit ihrem dichten Laub, das sie verbirgt, sitzen sie auf demselben warmen Felsblock. Neben ihnen die beiden Zwergeichen, deren Stämme, aus demselben Strunk gesprossen und Seite an Seite ausgetrieben, schließlich miteinander verwachsen sind.

»Was hat dein Vater zu deinem Lavendel gesagt?«, fragt die Berthe.

»Neulich ist er hochgestiegen, um ihn sich anzusehen.«

»Ich weiß, ich habe ihn vom Haus aus gesehen. Was meint er?«

»Er hat mit den Schultern gezuckt und gelacht. Er hat gesagt: Mit dem Geld für die Blüten kannst du dir noch nicht mal den Kessel zum Destillieren kaufen.«

Ihre Stimmen tragen weit, und sie sprechen leise. Am Rand des nahen Feldes, in der frischen Krume, liegt ein umgestürzter Pflug, dessen Schar wie ein Stern aufblitzt. Aus dem Dorf unten dringen Geräusche zu ihnen, als wäre es nur fünfzig Schritte entfernt. Unweit von ihnen schneidet der Félicien die Geiztriebe eines Mandelbaums. Man hört die Schläge mit der Hippe, den dumpfen Aufprall der Zweige am Boden.

»Ein Wetter, zum Tote-Aufwecken«, sagt der Auguste.

Er streichelt, umfängt mit beiden Händen die Brüste des jungen Mädchens, pralle, warme, schmerzhafte Brüste.

Immer wieder spuckt die Berthe Speichel aus. Ihre Lippen sind blass. Um Stirn und Wangen Flecken wie Mehltau auf Blättern. Mit dem Nagel kratzt sie etwas Rinde von der Steineiche und kaut darauf. Seit ein paar Tagen hat sie diese Manie, Rinde zu essen.

Der Himmel ist hoch.

In harmonischem Flug steigen Tauben aus den Löchern eines Schlages auf, tragen Sonne auf ihren Flügeln.

Der Auguste knetet die Berthe in seinen Händen, bedrängt sie wie der Fluss seine Ufer, überschüttet sie mit Zärtlichkeiten, atmet sie ein wie Lavendelduft. Sie dagegen wendet sich nach rechts und links, aus Angst, jemand könnte sie überraschen. Doch plötzlich sind sie aufgestanden, Schulter an Schulter, Hüfte an Hüfte, aneinandergeschmiegt wie Zwillingseichen aus demselben Stumpf. Er flüstert ihr etwas ins Ohr, dann, den Arm fest um ihre Schulter gelegt, zieht er sie rasch weiter nach oben, in die Stille der Terres-Rompues, zum wilden Feigendickicht …

Tosender als die Asse ist der Riou-Sec herabgestürzt und hat die Holzbrücke, die beiden Pappeln, die dicke Eiche und den besten Lavendel vom Sosthène Ricard mitgerissen …

Die Straße ist zerstört.

Es ist Samstag, die Augustine ist außer sich vor Sorge: Der Hilarion, der nach Riez gefahren ist, war zur Nacht noch nicht zurück. Er weiß nicht, dass der Riou Hochwasser führt, die Brücke entzwei ist. Denn unten Richtung Riez hat es kein Gewitter gegeben, nur oben, hinter Saint-Jeannet kam es herunter. Bei der Vorstellung, dass der Hilarion getrunken haben könnte, und er hat bestimmt getrunken, das ist so seine Gewohnheit, hält es die Augustine nicht am Platz.

Noch dazu ist es ganz bewölkt, Wolken schwarz wie die Erde.

Der Auguste Bérard und der Félicien begleiten sie mit Sturmlaternen. Sie haben einen Umweg über die vor Lehm klebenden Felder gemacht und den Hügel vom Mable Arnoux erreicht. Der stärker werdende Wind, der die nahen Maulbeerbäume drangsaliert, die Johannisbrotbäume überschwemmt, hält sie auf, beutelt sie, zwingt sie, seitwärts zu gehen. In seinem Tosen, vermengt mit dem der Flüsse, können sie einander nicht verstehen, als ob sie sich nicht laut genug in die Ohren schreien würden, genauso gut könnten sie von einem Ufer der Asse zum anderen miteinander reden! Es ist infernalisch, ihre Köpfe dröhnen von den stahlharten Böen.

Ihre Blicke durchbohren die schmutzige Finsternis. Mühsam unterscheiden sie unter sich die Asse, die ein wenig bleichere

Linie der großen Brücke und, etwas näher, den Sturzbach, der den Weg abschneidet.

Aus dem Innern einer Wolke, die der Wind aufreißt, taucht der Mond auf. Alles wird hell, man sieht die vom Sturm zerwühlten Bäume. Das Wasser glänzt, riecht frisch.

Die Augustine späht angestrengt nach gegenüber zum Abhang der Telle. Ihre alten Augen schmerzen.

Wie ein roter Stern ist dort oben, in den Böen schwankend, der Scheinwerfer eines Wagens erschienen … Er verschwindet, blitzt etwas tiefer wieder auf. Die Serpentinen der Straße nehmen ihn fort und geben ihn wieder her. Er ist am Fuß des Abhangs angelangt, erreicht die große Brücke, der Augustine zerrinnt das Herz wie Wasser …

Und auf der Brücke kommt das Licht schnell voran, zitternd, wie die rissigen Hände, die die grobe Wollschürze kneten …

Der Auguste und der Félicien recken die Laternen. Die Hand zum Trichter an den Mund gelegt, schreien sie aus vollem Halse:

»Kehr um!«

»Über Mézel!«

»Die Straße ist kaputt!«

Das Wispern Sterbender, möchte man meinen, der Wind bläst ihre Stimmen fort wie Weizenspreu von der Tenne, reißt sie mit sich und ertränkt sie im rasenden Strom; wenn sie tragen, diese Stimmen, taumelndes Treibgut, dann nach unten, das begreifen sie und rennen hinauf zur Hügelkuppe, wo sie ihre Rufe wiederholen:

»He!«

»Kehr um!«

»Kehr um!«

Ihre Arme wedeln wie Äste im Sturm, ihre Mägen bäumen sich auf, ihre Knie geben nach wie Wasser … Eine Wolke zieht am Mond vorbei, sie sehen nichts mehr, und ein Regenguss durchnässt sie. Ihnen ist heiß, zum Ersticken … Die Wolke hat den Mond wieder freigegeben. Zwanzig Schritte vom brüllenden Sturzbach entfernt, erkennen sie deutlich Mann, Pferd und Wagen, und ihre Herzen bleiben stehen, dann stoßen Augustine, Auguste und Félicien einen Seufzer aus, der aus tiefsten Tiefen kommt … Sie können kaum glauben, was ihre aufgerissenen Augen sehen:

Am Rand des brodelnden Flusses, ein Pferd, das sich schnaubend aufbäumt und zurückweicht …

Es ist die Zeit, in der die Narzissen die Wiesen gleich einem Firmament erhellen. Die Weidenruten werden rot. Der Frühling rauscht wie frisches Wasser.

Nachdem er alles reiflich überlegt und erwogen hatte, machte der Firmin dem Auguste, sobald der verheiratet war, ein Angebot.

Er sagte:

»Mit meinen Schmerzen im Bein sehe ich mich nicht mehr stetig arbeiten. Sechs Monate lassen sie mich in Frieden, sechs Monate ist es, als würden Hunde mich zerfleischen, ich kann nicht schlafen und schleppe mich nur herum. Ich tauge allmählich nicht mehr viel. Du gibst mir pro Jahr acht Scheffel Weizen und Gemüse. Ich behalte die Ziegen. Ich helfe dir, so gut ich kann, wenn mir danach ist.«

Er fügte hinzu:

»Ich schlafe und mache mir meine Suppe oben. Die Jungen und die Alten, die sollen jeder für sich bleiben.«

Die Küche ist unten. Die Berthe findet sie groß und praktisch. Ab zehn Uhr scheint die Sonne herein.

Die Pélagie hatte das Nachsehen, all ihre schönen Pläne waren den Bach hinunter. Diese Distel war schwer zu schlucken: Das hatte sie trotz allem nicht erwartet.

Vierzehn Tage ließ sie sich beim Auguste nicht blicken, warf der Berthe vor, sie habe die Hochzeit nicht abwarten können und den Leuten Grund zum Tratschen gegeben.

Die Berthe meinte:

»Meiner Großmutter wird der Zorn schon vergehen, im Grunde ist sie nicht böswillig.«

Sie war hinaufgegangen und hatte zur Pélagie gesagt:

»Im Haus gibt es ein Bett für dich, neben dem Küchenalkoven, in der Kammer nach hinten raus. Sie ist frisch geweißt. Du kannst hier nicht länger bleiben, so ganz allein wie ein Markstein. Dem Auguste wäre es schon recht, weißt du, wenn du zu uns kommen wolltest. Der Auguste ist ein anständiger Kerl.«

»Anständig … Er ist genau wie die anderen. Ich wünsche dir, dass er dich immer so behandelt wie jetzt. Aber die Männer sind alle gleich, sie taugen nichts. Keinen Pfifferling sind sie wert. Man braucht auch nicht einen für den anderen stehenzulassen. Dieselbe Mutter hat sie alle gemacht! Wenn du erst besser Bescheid weißt, wirst du mir recht geben. Mann und Frau kennen sich erst dann wirklich, wenn sie ein doppelt Maß Salz miteinander gegessen haben.«

»Es sind doch nicht alle Männer schlecht«, sagt die Berthe. »Man muss nicht immer Pech haben.«

Aufrecht am Tisch, knetet die Pélagie Kleie und Kartoffeln für ihre Tiere in der rostigen, verbeulten Kasserolle. Während sie die Kartoffeln mit der Hand zerdrückt, deren Mus in Kringeln zwischen ihren Fingern herausquillt, spricht sie weiter. So redselig war sie noch nie.

»Meine Mutter, die habe ich nicht gekannt, aber ich habe meine arme Tante Sidonie und viele andere Frauen immer sagen hören: Wenn ich noch einmal die Wahl hätte, ich würde nicht wieder heiraten. Die Ehe, das ist das Letzte.«

»War der Großvater denn schlecht?«

Mit gerecktem Daumen schüttelt die Pélagie ihre geschlossene, von Kleie verklebte Faust.

»Das war ein Mann …, ich weiß, was ich durchgemacht habe. Am Anfang, als wir geheiratet haben, da war er sehr gefällig. Ich dachte, so würde es bleiben! Er würde für mich Hasenmilch holen … Seitdem ist die Asse so manches Mal angeschwollen!«

Am Grund ihres Blicks flammt, wie Stücke glühender Kohle, ein alter Groll auf. Nachdem sie den Futterbrei am Rand der Kasserolle von ihrer Handfläche und den Fingern gestreift hat, fährt sie fort:

»Die Männer haben mehr Glut als die Frauen. Sie lassen sich hinreißen. Aber sie kennen keine Zuneigung. Ein Pack ist das. Mit ihnen kannst du was erleben. Das Brot, das man mit ihnen isst, gleicht Steinen …«

Sie wiederholt:

»Die Männer kennen keine Zuneigung.«

Bis zur Kurve mit dem Heiligenhäuschen von Sankt Rochus begleitet sie die Berthe. Die denkt an das, was ihr die Pélagie gerade gesagt hat, und glaubt kein Wort.

Das behauptet sie nur aus Verdruss, überlegt sie, weil der Auguste nicht hierherziehen wollte.

Der Wind fährt in die Eiche; er bläht sich, schnalzt wie ein Segel.

»Bewegt es sich?«, fragt die Pélagie die Berthe.

»Noch nicht.«

»Dann kommt es nach der Gerstenaussaat, wenn der Herbst beginnt …«

Zum Abschied fügt sie hinzu:

»Du solltest nicht so viele grüne Sachen essen. Ich habe schon wieder harte Pflaumen in deiner Schürzentasche gefunden. Von diesem Zeug kannst du Fieber bekommen.«

Unten wälzt sich die lebhafte Asse über ihre blanken Kiesel; mit jedem Windstoß neigen sich ihre Weiden und erblassen.

Man war nicht allzu erstaunt darüber, dass die Pélagie dort oben blieb.

»Daheim ist sie ihre eigene Herrin«, sagte die Dorothée, »da ist ihr alles vertraut.«

»Man muss auch sagen, sie hat eine eiserne Gesundheit«, fügte die Mélanie hinzu.

»Und sie wollte nicht von den Bérards abhängig sein.«

»Was man verstehen kann!«

Die Berthe findet das Leben im Dorf sehr angenehm. Ihr Haus steht am Platz, an der belebtesten Stelle, vis-à-vis vom Bäcker und dem Lebensmittelladen.

»Man hat alles bei der Hand«, sagt sie.

Ganz zu schweigen vom Wichtigsten: dem Brunnen, der ihr nur zwei Schritt entfernt Gesellschaft leistet. Die Guite Roux, mit der sie Erstkommunion hatte, wohnt Tür an Tür. Sie ist seit zwei Jahren mit dem Félicien Trichaud verheiratet. Auch die Rosine Arnaud ist nur zwei Schritte entfernt, um die Ecke und durch den kleinen Garten vom Clermond Gilly.

Zurück aus Digne, wo sie ein paar Tage bei ihrer Schwägerin verbracht hat, freut sich die Guite darüber, dass die Berthe eingezogen ist.

»Und die Pélagie, wohnt sie bei euch?«

»Wie konnten sie nicht überzeugen.«

»Also so was!«

Die Guite beißt sich kopfschüttelnd auf die Lippe, dann fügt sie hinzu:

»Versteh einer die Pélagie! Lebt sie etwa gern allein mit den Disteln? Sie wird selbst noch zur Ziege werden!«

Durchs Fenster kann die Berthe, während sie den Haushalt besorgt, das Kommen und Gehen draußen beobachten, sie hört die Leute laut reden, die Kinder rennen, lachen oder streiten.

Bei schönem Wetter ist das Waschhaus unter der Platane, am Ende des Platzes, wo der Kanal vorüberfließt, voller Frauen. Die Trichaudin zankt sich oft, sie würde das Waschhaus gern für sich allein beanspruchen. Was nicht heißt, dass sie besonders sauber ist!

Der alte Firmin stört nicht, er kümmert sich um seine Angelegenheiten, ohne viel Aufhebens.

Der Auguste findet, dass seine Frau matt aussieht, und will nicht, dass sie den Boden schrubbt. Eine solche Anstrengung kann schaden in ihrem Zustand. Er geht ihr Wasser holen.

»So einen Mann wie deinen gibt es nicht noch mal«, sagt die Mélie vom Justin zur Berthe.

»Das ist schon ein Unterschied, hier zu wohnen, anstatt dort oben, was, Berthe?«, sagt die Dorothée.

»Es ist ein ganz anderes Leben!«

Vom Wind dort oben niedergedrückt, einsam wie ein Wacholder auf einer Geröllhalde, fühlte sich die Pélagie am ersten Tag ganz fremd. Er erschien ihr endlos wie ein Tag ohne Brot.

Zum Glück hat sie die Tiere.

Mit der Katze und der Ziege redet sie, als wären es Menschen, sie antworten ihr, folgen ihr, gehen voran, allein die Sprache fehlt ihnen. Sie hat die Ziege nicht geschlagen, die zwei Mal die Blüten der Geranie am Fenster gefressen hat.

Ihr Groll gegen die Berthe ist schon verflogen, sie bedauert, was sie gesagt hat. Diese Kleine ist ihr Fleisch und Blut …

Sie ist noch ganz grün, denkt sie, voller Vertrauen ins Leben, keine Ahnung hat sie, ich war eine Närrin, ihr das zu sagen. Jetzt ist ihre beste Zeit, wozu sie ihr verderben? Ja, der Auguste hat sie gern, doch … man soll den Tag nicht vor dem Abend loben …

Die Pélagie hat sich an den großen Johannisbrotbaum gelehnt. Der Wind sorgt für ein gewaltiges Durcheinander in der ausladenden Krone.

Unter den wimpernlosen Lidern kommen ihr die Tränen, die sie mit dem Rücken der schwieligen Hand, knotig wie ein Weinstock, fortwischt. Laut sagt sie zu sich selbst:

»Die Arme, sie wird es schon noch erleben …«

In ihrem Geist jagen sich die Sorgen wie die Wellen der Asse: Ein Kind ist unterwegs, die Kleine ist nicht ganz auf der Höhe. Schwangere Frau steht mit einem Bein im Grab, wie man sagt … Ein Schrecken fährt der Pélagie in die alten Glieder, dass sie zittert; ihr wird eiskalt bis ins Mark, ihr Mutterherz bebt.

In ihrem Zustand, sagt sie sich, muss ich die Berthe jeden Tag besuchen gehen.

Gegenüber, am Felsen von Moustiers, entfaltet sich ein Sonnenfleck, gleich einer hellen Taube: Es ist acht Uhr.

Im Westen erlischt der Mond am blanken Himmel, ein zarter Wolkensplitter, meint man.

Zwischen den Brombeerranken der sich selbst überlassenen Felder hat die Pélagie eine Schürze voll wildem Salat gesammelt. In der Absicht, auch noch ein paar Brennnesseln für ihre Kräutersuppe zu brechen, geht sie weiter durchs obere Dorf.

Frisch wie Regen im April, leicht und bloß, streift blauer Himmel ungehindert durch die Ruinen. Bei jedem Schritt stolpert die Pélagie schier über die Katze, die sie begleitet und dabei Kinn, Stirn und Rücken an dem groben Wollrock reibt.

Plötzlich scheint das alte Dorf von Katern bevölkert zu sein. Einer folgt in zwanzig Schritt Entfernung und bleibt stehen, sobald sie sich umdreht. Es ist der Kater vom Clermond mit dem roten und schmuddelig weißen Fell. Ein schwarzer geht vorneweg, es muss der vom Flaminius sein. Rechts auf einem Steinhaufen hat sich der große Graue der Katze postiert, der immer kommt und von dem die Mutter nichts wissen will. Diesen Grauen hat die Pélagie der Anna gegeben. Ein vierter schiebt hinter einem Balken den aufmerksamen Kopf hervor. Es ist der Angorakater vom Félicien Trichaud. Der letzte, schließlich, überquert weiter hinten die Straße und bleibt auf Abstand.

Unter dem Fenster vom Flaminius, an einem warmen Fleckchen, hat sich die Pélagie auf einen Mandelstumpf gesetzt und begonnen den Salat zu verlesen. Am Himmel hat die Sonne sich schon bis zur Höhe einer Pappel aufgeschwungen. Sie wärmt ihre lehmverkrusteten, vom Saft des Kopfsalats klebrigen Hände, lässt die Endivien mit dem weißen Herz erschlaffen. Pélagies Arm sinkt herab. So könnte sie einfach sitzen bleiben, fast schläft sie ein …

Die Kater haben ihren Kreis enger gezogen. Die Katze scheint sich nicht um sie zu kümmern. Zur Magenreinigung hat sie Queckenhalme gefressen, man könnte meinen, sie erstickt.

Die Buckel wie Brückenbögen gewölbt, die Haare auf dem Rückgrat gesträubt, die Schnauzen zwei Fingerbreit entfernt, fordern sich zwei Kater heraus, der schwarze und der schmuddelig weiße, mitten auf der Straße, vor der ehemaligen Bäckerei. Die Ohren des weißen sind gezackt und verkrustet, seine Nase von einer Schmarre gezeichnet. Der schwarze beginnt zu jaulen, der andere stimmt ein. Es klingt, als würden Kinder weinen. Es dauert, und keiner rührt sich vom Fleck.

Die Katze hat sich in der Sonne gewälzt, den Kopf auf einen warmen Stein gereckt. Das Dorf ist erfüllt vom Maunzen der Kater. Es schwillt drohend an und ab. Setzt erneut ein. Steigert sich zur Raserei, wird schrecklich laut und wild … Fauchend, mit ausgefahrenen Krallen, gehen sie aufeinander los. Blutstropfen fliegen.

Der Schmuddelige hat sich schleunigst davongemacht, die Gasse hinunter und unter dem Torbogen um die Ecke, er hat genug. Die Katze, die das alles überhaupt nicht beeindruckt, hat sich zum Schlafen in eine Falte von Pélagies Rock geschmiegt.

Zu Mittag isst sie heute draußen an der Mauer, unter dem warmen Umhang der Sonne, während zwanzig Schritt weiter die Eiche im Wind rauscht, zwei in der Asche gegarte Kartoffeln und etwas Salat. Bei schönem Wetter spart sie das Feuer.

Weil sie das Öl an den Endivien vergessen hat, geht sie hinein, und um nichts zu verschwenden, gießt sie vor dem Fenster, gegen das Licht, die Flasche auf Höhe der Augen haltend, ein Fädchen darüber.

Am Nachmittag geht sie auf dem abschüssigen Feld, das die Unwetter jedes Mal ein bisschen mehr abtragen, ihren Kohl und ihre Rüben hacken. Die scheinen gut anzugehen. Wenn es regnet, könnte etwas daraus werden. So Gott will! …

Am späten Nachmittag kehrt sie noch einmal ins alte Dorf zurück, zwischen die zerfallenen Häuser. Sie hat das Bedürfnis, sich zu sonnen, herumzulaufen. Seit die Berthe fort ist, ist das Haus nicht mehr dasselbe. Die Tage danach waren wie Dornen. Die Pélagie fürchtet sich davor, heimzukehren, besonders zur Abendstunde, in der die Sorgen nisten.

Sie steht unter dem ehemaligen Stall vom Mable Arnoux. Ein Mandelbaum ist aus der Mauer gesprossen.

Daneben das Haus vom Sosthène mit der geräumigen Küche, wo Körbe geflochten wurden und man immer willkommen war.

Der Basile Reynaud hatte sich im ersten Stock um jeden Preis einen hölzernen Balkon bauen wollen. Das störte alle in der Straße, wenn sie ihr Heu einfuhren. Weil sie unter seinen Flausen leiden mussten, waren alle stinksauer auf ihn.

»So ein Schwein, dieser Basile«, murmelt die Pélagie.

Die lackierten roten Ziegel ums Schaufenster der Metzgerei sind noch da. Sobald man im Sommer den Türvorhang aus Schilfrohrperlen beiseiteschob, stieg summend eine schwarze Fliegenwolke auf. Drinnen war der Laden zugezogen, und man sah nichts, wenn man aus dem grellen Licht hereintrat. Das Fleisch roch schal, ein abstoßender Geruch. Keiner da?, rief man nach der Rosalie, die durch den dunklen Flur ganz hinten aus der Küche herkam. Sie ließ die Leute immer warten. Nach und nach erkannte man die Schafshälften an ihren Haken, die hängenden Lebern, die dicke, vom Beil gekerbte, vom Fleischermesser zerfurchte Hackbank aus speckigem Nussholz, auf der fette blaue, brutfreudige Fliegen herumspazierten. Sie schlachteten samstags. Heute ragt ein Feigenast aus dem Ladenfenster.

Das Haus von den Flavien Arnoux' ist das höchste. In fünf Jahren hat der Wind das Dach zwei Mal fortgerissen. Der Hof ist voller Malven und Wollkraut. Dahinter, im Freien, liegen die Tennen, wo Disteln so hoch wie Esel aufragen.

Sie waren die Nachbarn vom Théodule, der nicht ganz richtig im Kopf war. Bei Vollmond war er ungefähr so gescheit wie jeder andere. Aber wenn der Mond abnahm, dann verließ ihn der Verstand. Gebannt betrachtet die Pélagie einen großen Hasen auf der von all den Tritten ausgewetzten Steinschwelle … Er hüpft in die gegenüberliegende Bresche, verschwindet im Efeu.

Dort starb, halb verhungert, diese Pfennigfuchserin von Clorinde Meynard, so knauserig, dass sie sich alles versagte. So knauserig! – die Pélagie krümmt ihre Finger wie eine Geierkralle. Sie mochte noch so viele vertrocknete Rettiche, alte Eier und Weizenspreu verkaufen, ihr Geld konnte sie doch nicht mitnehmen. Bei der alten Jungfer roch es nach Katzendreck. Die Pélagie hat einen Topf unter die Dachrinne gestellt.

Die Truphèmes hatten viele Kinder. Kam man an ihrem Fenster vorbei, hörte man immer ihre hellen Stimmen. Sie waren so arm, dass sie kein Licht machten. Er soff wie ein Loch und richtete sich zugrunde. Auf ihrem Dach wachsen Pflanzen.

Hier die Terrasse, auf der die Dorothée ihren Basilikum hielt. Halb umgekippt in einer Ecke, ist da noch einer der dreibeinigen gusseisernen Kessel mit Erde. Darin sprießt Warzenkraut.

Bei der Tasie Armand versperrt Schutt die Tür und das Fenster im Erdgeschoss. Aus Ritzen und Fenstern im oberen Stock ragt Brombeergestrüpp, das drinnen gewachsen ist, hängt auf die Straße bis hinunter zum Boden. Diese Tasie, die kann sich was einbilden auf ihren originellen Tod. Es war in der Früh, sie war sechsundneunzig, hatte gerade die Suppe aufgestellt, im Beisein vom Urbain, ihrem Sohn, der auch schon alt war. Sie setzt sich also hin, zieht ihr Taschentuch heraus, faltet es auseinander, legt es sich übers Gesicht, lehnt sich zurück und sagt im Sterben: »Als Esel hab ich dich gemacht, als Esel lasse ich dich zurück.«

Der Urbain hat zehn Jahre lang im Streit mit den Antoine Riperts gelegen, deren baufällige Mauer sein Haus bedrohte. »Du solltest den Efeu schneiden, der die Mauer zerfrisst«, sagte der Urbain dem Ripert ein ums andere Mal. Die Mauer stürzte ein, und sie prozessierten. An dem Tag, als der Sachverständige kommen sollte, sagte der Urbain zu seiner Frau: »Ich gehe ihm entgegen bis La Bégude und lade ihn auf ein Gläschen ein.« Er wusste nicht, dass der Ripert schon nach Riez hinuntergestiegen war und dem Richter einen vollen Korb vorbeigebracht hatte. Niemand war erstaunt, als man erfuhr, dass der Ripert, der nicht im Recht gewesen war, gewonnen hatte. Wer den drankriegen wollte, musste früh aufstehen. Und der Urbain, das muss man sagen, hatte die Weisheit nicht mit Löffeln gefressen!

Die Guillets, das waren Freigeister, zugezogen aus Montagnac, die über die Religion so ungeheure Sachen sagten, dass sie wieder fortziehen mussten, weil keiner sie leiden mochte.

Gegenüber die Imberts. Die Mélanie war fruchtbar heißblütig, sie trieb es bunt, ließ Mann und Kinder im Stich, säte Unfrieden in drei Familien, war immer und überall hinter den Männern her. Sie wusste nicht, was es heißt, rot zu werden. Wenn es sie überkam, sagte manch einer, hätte man, um ihr zu widerstehen, weniger Blut in den Adern haben müssen als die von der Asse gepeitschten Felsen. Sie starb in Digne im Hospiz an einer schlimmen Krankheit. Deren Haus ist gut erhalten, es hat noch die verzierte Sonnenuhr mit der Inschrift: Morgenstund hat Gold im Mund.

Ein Stück weiter oben die Basile Riperts, herzensgute Leute, Vettern dritten Grades mütterlicherseits der Pélagie. Sie hatten sich der Waisen vom Clément angenommen. Er war überall behilflich, sie wachte bei jedem Toten. Ein Riss spaltet ihr Haus von oben nach unten. Auf dem Dach wächst ein Rosenstrauch. Unter der eingestürzten Treppe wimmelt es von Schlangen, weil es dort warm ist.

Da drüben, in seinem Dachboden, erhängte sich an einem stürmischen Tag der Tite Meiffrein. Er lebte mit seiner Mutter, der armen Antoinette Meiffrein, einer sehr besonnenen und geachteten Frau. Im Alter wurde sie wieder zum Kind; sie starb an der Steinkrankheit. Das Haus ist ganz in sich zusammengestürzt. Alles ist von Kletten überwuchert.

Während sie den Blick über das kalte Dorf schweifen lässt, in dem bald nur noch Stein auf Stein geblieben sein wird, sagt sich die Pélagie, dass alles hier erloschen ist: die Freudenrufe, die Stimmen der jungen Brautleute, das Klappern der Dreschflegel und der Schein der Lampen …

»Alles geht dahin wie Wasser …«

Am Himmel beginnen die Sterne zu funkeln. Von der Asse treiben Nebelschwaden herauf. Die Pélagie, die nicht gern im Dunkeln durch das alte Dorf geht, kehrt heim.

Der Wind hat sich erhoben.

In all den zugigen Häusern scheinen sich immerfort Leute zu unterhalten …

Auf dem Plateau von Riez und Puimoisson tauchen die gepflügten Felder auf, zart, rötlich, wie nackte, sonnengebräunte Haut. Unten in dichten Blautönen drei Hügelreihen. Die von Aix und Toulon, die letzten, gleichen Wellen am Himmelsufer. Es ist schön, so schön!

Die Pélagie geht steif wie ein alter Baumstamm, die Knie nach außen gedreht, ohne die Fußsohlen zu beugen. Hager wie eine Spitzhacke. Ihre Schritte sind ruckartig, unregelmäßig, und sie neigt sich ein wenig nach rechts vorne. Ihr Rock schleift, am Saum abgestoßen, auf der Seite, an der die Hüfte unter dem dicken Faltenwurf einknickt. Ihre schlaffe Gesichtshaut ist von Schluchten durchzogen und von der Farbe des Gerölls. Sie hat einen Schnurrbart und eine Männerstimme. Vorn ist ihr nur ein langer grauer Zahn geblieben.

Das ist aus dieser Frau geworden, die einst lebhaft war wie Wasser, aufrecht wie eine schöne Vase und strahlend wie der helle Tag. Ihre Augen sind heiter, auf ihren Zügen liegt eine Milde, einem Balsam gleich, Widerschein jenes Seelenfriedens der Alten, der ihnen das letzte Stück Wegs erhellt …

In den Ruinen zerrt der Wind am silbrigen Wermut und dem bitteren Andorn, fetzt um die schroff aufragenden Mauern, zischt über die Quecken zwischen den Steinen.

Die Pélagie sitzt geschützt, an den alten Mandelbaum neben der Kirche gelehnt, der hohl ist wie ein Krug. Die runden Ecksteine des Portals sind von der Berührung mit den schweren

Wollröcken blank geschliffen, glatt wie Knie. Die verquollene, windschiefe Tür ist weder offen noch geschlossen.

Ihre Gedanken schweifen; eine Menge Dinge treiben an die Oberfläche …

Mit ihrem Mann war sie beinahe dreißig Jahre zusammen. Das war ein rechter Taugenichts; was nicht getan war, blieb eben liegen, denn er gehörte nicht zu denen, die sich gern verausgaben. Dafür konnte er andere herumkommandieren wie kein Zweiter, und seine Frau betrachtete er nur als Dienstmagd. Gab es Streit, so schrie er, schrie, um sich recht zu geben; zu Fremden dagegen war er liebenswürdig: Draußen ein Pfau, daheim eine Sau … Und das ganze Dorf wusste, dass er fünfzehn Jahre etwas mit der Fannie Reynaud hatte; von all den Seitensprüngen ganz zu schweigen.

Man macht was mit in einer Ehe, sagt sich die Pélagie.

Ohne eine Träne denkt sie an ihren Mann und seufzt:

»Geb Gott, dass er in Frieden ruht.«

Beim Gedanken an die arme Suzanne, die Mutter der Berthe, trocknet sie sich die Augen mit einem Zipfel ihrer Schürze, an dem keine Erde ist, und fühlt in sich etwas wie eine schwere Flut heranrollen, anwachsen … Nach elf Monaten Ehe und einer schrecklichen Zangengeburt war die Suzanne so glücklich, eine Tochter zu haben. Sie strahlte vor lauter Freude. Dann schwoll ihr Bauch, sie bekam hohes Fieber, es dauerte keine acht Tage. »Was für ein Schicksal!«, sagt die Pélagie. Wenn man einen solchen Körper in den Sarg legen muss … Ihr Mann hatte ein Jahr später wieder geheiratet, ein Mädchen, mit dem er seit sechs Monaten verkehrte. Er starb jung, an den Folgen eines Pferdetritts. Er erstickte nicht gerade vor Freundlichkeit: Für die Berthe schickte er nie einen Groschen. Ochs leckt gewöhnlich kein Kälbchen.

Etwas, wovon sie nie gesprochen hat, ist dass sie, die Pélagie, ihr ganzes Leben lang mit einer Glut, so heiß wie die Hundstage, an den Blaise Ricard gedacht hat. Er pulsierte in ihr, vermischt mit ihrem Blut, mit jedem Lebenstropfen. Er wird noch in der Asche ihrer Knochen sein. Dieser Mann hat sie aufgewühlt wie eine tiefe See. Das bereut sie nicht, nein, das war das Schönste in ihrem Leben, noch jetzt erscheint es ihr natürlich, aufrecht, wie diese Ulme dort drüben mit kraftvoll ausgebreiteter Krone … Das und ihre Tochter fühlen sich tief in ihrem Innern ganz warm an, wie etwas, das sich unter der Sonne regt … Und wie sie es liebt, sich daran zu erinnern! Solange ihre greisen Beine sie tragen, will die Pélagie nirgendwo anders leben oder sterben als zwischen diesen Steinen …

Sie hat die Kirche betreten. Es ist finster. Ihr ist, als trüge sie keine Bluse, so sehr spürt sie die Feuchtigkeit der Mauern und der Luft. Sie zittert, zieht die schmalen Schultern hoch.

Hier kann man sich leicht den Tod holen, denkt sie.

Es riecht schimmlig. Die Sterne des Kirchenschiffs vermodern. Der Himmel hängt in Fetzen. Wulstige, aufgeworfene Krusten wie bei einem Kranken fallen von den Wänden. Rundherum ist alles voller Gipsschutt.

Die Kirche wirkt größer.

Die Pélagie bleibt an der Tür stehen, links, wo der Taufstein war, zählt an den Platten eine bestimmte Stelle ab, kniet sich dort hin: Hier haben all ihre Särge gestanden:

Der meines armen Vaters, den der Schlag getroffen hat, am Abend vor Notre-Dame im August des Hagel-Jahres; der ihres Mannes, der an den Folgen einer Verkühlung starb, am ersten Februar jenes Winters, in dem die Oliven erfroren; der der schönen Suzanne, geopfert in der Blüte ihrer neunzehn Jahre, am 27. April im Frühling mit den heftigen Regenfällen …

Geschüttelt wie ein alter Baum im Wind, weint die Pélagie, deren Herz wie eine Quelle überströmt, sagt ein Gebet für jeden ihrer drei Toten. Ehe sie wieder hinausgeht, bittet sie Gott, damit sie in diesem Dorf begraben werden kann, dass er sie sterben lässt, ehe man den Friedhof stilllegt …

Der Abend färbte das Fenster blau.

Nachdem sie die Ziege gemolken, eine Schale Milch und ein paar Nüsse zu Abend gegessen hatte, machte sich die Pélagie im Haus zu schaffen, wobei sie alles unter ihren Händen fand, ohne ein Feuer oder auch nur die Lampe anzuzünden.

Das Konzert der Asse übertönend, mit Trompetenschall und schmetternden Hörnern, preschte im wilden Galopp seiner Kavallerie von jenseits der weißen Bergrücken das Heer des großen Windes heran.

»Aha! Da tanzt er wieder«, sagt die Pélagie.

Die Luft, die durch den großen Spalt unter der Tür eindringt, fährt ihr in die Beine.

»Darin könnte man Bohnen worfeln«, sagt sie, während sie die Ritze mit einem Lumpen und Holzscheiten zustopft.

Dann schließt sie den Fensterladen, macht ihn dem Wind streitig.

»Wüstling!«, schreit sie.

Mit einem langen, wütenden Gluckern hält der Wind das Schmutzwasser auf, das sie aus dem Eimer in den Ausguss geschüttet hat.

Um nichts mehr zu verbrauchen, geht die Pélagie schlafen. Es ist noch nicht wirklich Nacht, doch was macht das schon? Eines nach dem anderen zieht sie ihre abgetragenen Kleidungsstücke aus und breitet sie über das Bett.

Die Katze streift maunzend um den kalten Ofen, als wolle sie sich beklagen, dass er nicht angeheizt wurde, dann springt sie aufs Bett, wo sich die Pélagie auf der Seite zusammengekauert hat, die zerschlissene Baumwolldecke bis über die Ohren gezogen. Ihr Kopftuch hat sie anbehalten. Die Luft im Zimmer bewegt die glatten Strähnen auf ihrer Stirn.

Im Kamin schnauft der Wind.

Am Ufer der Asse zittern die Birken im Wind, weiß wie der Schaum auf dem Wasser.

Es ist die Zeit, in der das grüne Korn beginnt aufzuschießen und die trunkenen Schwalben, Stahlkugeln gleich, mit gellenden Rufen immerzu dicht an den Fensteröffnungen vorbeizischen …

Die Wangen der Berthe sind wieder rosig wie der Frühling.

Jeden Abend kommt die Pélagie herunter und hilft dabei, die Ausstattung für das Kind anzufertigen. Sie teilen Leintücher, die in der Mitte zerschlissen sind.

Sie setzt sich ans Fenster, die Füße auf die Sprosse des anderen Stuhls gestützt, die Scheibe geöffnet, damit sie besser sehen kann. Sie näht mit einer dicken Nadel, hält die Handarbeit am ausgestreckten Armen weit von den Augen weg. Ihre Stiche sind nicht fein, und es fällt ihr schwer, das Garn einzufädeln.

»Gib her, ich fädele es dir ein«, sagt die Berthe.

Die Pélagie will das nicht hören.

Der Auguste hat aus Riez das Weidenkörbchen gebracht. Sie waschen zwei Hanfsäcke, die sie ausbessern und mit Stroh füllen.

»Tut Maisspreu hinein«, rät die Dorothée.

Die Berthe bestickt Lätzchen.

Sie ist schwerfällig geworden, unter ihrem Schritt erzittern Treppe, Wand und Boden. Alle Bewegungen sind mühsam. Der Auguste bindet und löst ihr die Schnürsenkel.

Eine Sorge quält sie. Sie hat sich vor dem Maultier, das sich im Stall losgerissen und herumgetobt hat, erschreckt. Jetzt bildet sie sich ein, ihr Kind wird behaarte Schenkel haben.

»Zerbrich dir nur nicht den Kopf«, sagt die Pélagie, »alle schwangeren Frauen denken so etwas.«

»Du wirst schon sehen«, fügt die Dorothée hinzu, »dein Kind wird Beinchen haben, so zart wie eine Quittenblüte.«

Sie ist am Ende. Sie glaubt, der Termin wäre schon verstrichen, kann die Tage nicht mehr zählen.

»Du wirst eine Tochter bekommen«, sagt die Pélagie. »Mädchen verspäten sich!«

An diesem Morgen ist die Pélagie unterm Sternenhimmel aufgestanden: Sie hat das Gefühl, dass sich bei der Berthe etwas getan hat …

Die Bäume und Büsche sind undurchdringlich in der Finsternis, doch im Osten sickert, gleich einer Quelle, schon der Tag hervor.

Hinter der Wegbiegung sieht die Pélagie bei ihren Kindern Licht durch die halb geschlossenen Fensterläden, sie beschleunigt ihren Schritt, während plötzlich ihre Haut zu brennen beginnt …

Als sie ankommt, ist das Haus voller Frauen, die alle gleichzeitig reden. Und nicht über's Wetter!

Das Kind ist geboren. Sie zeigen es ihr, es ist ein Mädchen mit dicken Pausbacken. Die Kleine füllt die Wiege aus, ein schöner Pfirsich, möchte man meinen.

Sie wollen ihr alles auf einmal erzählen.

»Als der Auguste bei uns geklopft hat«, sagt die Augustine, »war es gegen Mitternacht, wir schliefen alle tief und fest.«

»Sie hatte nur zwei Stunden starke Wehen«, sagt die Rosine Arnaud.

»Der Trichaud hat den Arzt in Riez gerufen. Bis der kam, war alles schon vorbei.«

»Fürs erste Mal ging es ganz schön schnell. Gute Arbeit, Berthe, weiter so!«

Die Pélagie geht vom Bett der Berthe zur Wiege, sie hat vor Rührung einen Kloß im Hals, auf ihrer Zunge lastet ein großer Kieselstein, doch ums Herz ist ihr leicht.

Die Wöchnerin liegt flach auf dem Rücken. Die Freude darüber, eine Tochter zu haben, steht ihr ins Gesicht geschrieben. Ihre langen, gelösten Haare sind über das große Kopfkissen gebreitet. Man würde niemals denken, dass sie gerade ein Kind geboren hat, so rosig ist sie, wie eine frische Felsennelke. Ihre Augen sind zwei muntere, lebhafte Sterne.

»Hast du keine Kopfschmerzen?«, fragt die Dorothée, die neben dem Bett den Lindentee umrührt.

Mittlerweile flutete der Morgen herein, sein Licht ertränkte bereits den Schein der Lampe, deren Flämmchen einer Ginsterblüte glich.

»Wir sind ja verrückt!«, sagt plötzlich die Dorothée. »Draußen ist schon helllichter Tag, und wir denken nicht daran, die Lampe zu löschen.«

»Das macht ein komisches Zwielicht«, sagt die Guite und pustet von oben ins Glas, was einen Petroleum-Geruch hinterlässt.

Sie kochen Hühnerbrühe. Die Guite fischt den Lauch heraus, die Mélie vom Justin klärt die Suppe. Der Auguste will die Tassen abspülen, die sich auf dem Nachttisch stapeln, die Frauen schieben ihn beiseite:

»Weg mit dir, davon verstehst du nichts!«

Die kleine Korbflasche mit süßem Weißwein aus dem Asse-Tal unterm Arm, zeigt der Firmin mit dem Finger auf jede der Anwesenden, um sie zu zählen:

» … neun, zehn. Wir brauchen zehn Gläser«, sagt er zur Guite. »An einem solchen Tag muss man anstoßen.«

Die Anne ist gerade hereingekommen und bringt, in graues Papier gewickelt, zwei Knäuel ihrer schönsten Wolle, so luftig und weiß wie der Schaum auf dem Wasser.

Noch am selben Abend hatte die Pélagie mit Dorothées Hilfe die gröbste Unordnung beseitigt.

Auf dem Tisch leuchtet unter ihrem Papierschirm in toten Farben die blaue Pâte-de-verre-Lampe, die rußt und nach Petroleum stinkt. Die Türen des Alkovens sind geöffnet. Die Berthe schläft mit auswärts gedrehten, über den Kopf gereckten Ellbogen.

Erleichtert, dass alles gutgegangen ist, sagt der Firmin, während er seine Pfeife über der Aschelade ausklopft, zum Auguste:

»Eine Sorge weniger!«

Der neue Wecker aus Nickel gibt auf dem Kamin ein lautes Ticken von sich. Die Pélagie läuft hin und her, bricht und schichtet die Mandelreiser fürs Feuer am nächsten Morgen. Sie geht auch den Schrank aufräumen. Die Wäsche darin liegt drunter und drüber.

Sie tritt an die Wiege, die neben dem Bett auf zwei Stühlen steht, und betrachtet das Kind, dessen Lippen sich schmatzend bewegen. Es seufzt durch die Nase, wird rot, drückt die geschlossenen Fäustchen an seine Schläfen, streckt sich, öffnet weit die Augen und beginnt dann an seinem Daumen zu nuckeln.

»Welche Farbe haben ihre Augen?«, fragt die Berthe.

»Sie scheinen blau zu sein, aber verlass dich nicht darauf, das ändert sich noch.«

»Ich muss schon sagen, so ein Tag, der nimmt einen mit«, zieht der Auguste Bilanz.

Und an die Pélagie gewandt, sagt er:

»Sie schlafen doch hier, heute Nacht?«

Die Pélagie ist damit beschäftigt, die dicke Glasflasche der Wiege mit warmem Wasser zu füllen, und antwortet nicht. Während sie die Wärmflasche an die Füße der Kleinen legt, betrachtet sie sie im schwachen Schein der Lampe. Plötzlich meint sie, in dem Kind die Suzanne zu erkennen, haargenau. Vor Ergriffenheit steht sie da wie ein Klotz … sieht die Suzanne wieder vor sich, so lebendig, dass sie glaubt, sie berühren zu können … dann sieht sie die zerzausten Zypressen vom Friedhof oben, wie sie im Wind zittern. Nichts kann sie zurückhalten.

Schon wirft sie sich den Umhang über, knotet ihr Kopftuch.

»Das Haus oben wird jetzt ganz kalt sein«, sagt der Auguste.

»Es ist spät«, bekräftigt die Berthe und fügt hinzu: »Nebenan ist das Bett für dich gemacht!«

Sie sagen das nur, um irgendwas zu sagen, denn sie wissen ja doch, dass sie hinaufgehen wird.

»Morgen in aller Frühe bin ich wieder hier.«

Sie küsst die Berthe, beugt sich dann über die Wiege.

»Gebe Gott, dass du groß und klug wirst …«

Während sie die Decke des Kindes zurechtzieht, fügt sie hinzu:

»Die hat was vor sich …«

»Nimm den Schal, Großmutter«, sagt die Berthe.

Der Himmel ist voller Sterne. Und es ist still, ganz still. Die Bäume atmen nicht. Doch unten am Fluss ist die Luft feucht. Die Erde verströmt ihren Humusgeruch.

Mit ihrem ungleichen Greisenschritt eilt die Pélagie zum alten Dorf hinauf und friert schon nicht mehr so sehr, weil sie schneller geht und es trockener wird.

Die Asse singt wie der Wind.

Über den Ruinen ist die neue Mondsichel aufgegangen, die sie erhellt und deren Umrisse sie, weiß auf schwarz, hervorhebt.

Die Pélagie hat ihre Jacke ausgebessert, die schon so oft geflickt wurde, so fadenscheinig ist, dass nur der Geist sie noch zusammenhält, sagt sie. Jetzt nimmt sie das Strickzeug zur Hand, einen Strumpf der Kleinen mit einer Sohle, so lang wie ihr Zeigefinger. Mädchen brauchen viele Strümpfe zum Wechseln, denn sie machen sie andauernd nass.

Ihr Platz ist am Fenster, von wo aus man das ganze Treiben sieht.

»Euer Haus ist gut gelegen«, sagt sie zur Berthe.

Gegenüber, ein Stückchen weiter links unten, steht die neue Kirche. Mit ihrer nagelneuen Tür aus rotem Pitchpine, ihrer weiß verputzten Fassade, ihrer scharfkantigen Freitreppe aus kaltem Stein könnte man sie für das Haus eines Reichen halten. Der Kirchturm dagegen sieht nach gar nichts aus. Er ist zu hoch dafür, wie dünn er ist. Ein Taubenschlag, möchte man meinen.

Die Dorothée geht zum Gebet beim letzten Glockenton und vergisst auch den Fußwärmer nicht. Die Rosalie Armand schickt ihre beiden Mädchen hin, die die gleichen Schürzchen aus großem blauen Vichy-Karo tragen. Die Kleine ist zwanzig Monate jünger, doch man könnte sie für Zwillinge halten. Die Rosalie verschlingt sie mit den Augen. Sie hat den Laden angelehnt und sieht ihnen durch den Spalt hinterher.

Im Schuppen nebenan hört man, wie der Auguste Holz hackt. Und dort, am Brunnen, bereitet der Clermond sich darauf vor, sein Schwein abzustechen.

»Ich werde dem Auguste sagen, dass er ihm zur Hand gehen soll«, sagt die Berthe.

Der Auguste ist gekommen, hat einen Strick um die Schnauze des Schweins gebunden. Es schrie, dass man es überall im Dorf hören musste. Die Männer haben das Tier auf den umgekippten Trog gelegt, und der Clermond lässt es ausbluten. Mit einem Stock rührt die Dorothée das warme Blut im Eimer. Natürlich sind sie von einem ganzen Schwarm Kinder umringt, die zusehen.

Sie haben den Trog, dem eine kurze Seite fehlt, wieder umgedreht, und brühen nun das Schwein ab, das erstarrt ist. Mit der Kratzglocke schabt der Auguste Borsten und Dreck ab. Dann schlitzt der Clermond den Bauch von oben bis unten auf, zieht die dampfenden Eingeweide heraus. Die Dorothée nimmt die Leber fürs Frikassee.

Als die Pélagie sieht, dass dieselben Mädchen immer wieder am Haus vorbeilaufen, schüttelt sie den Kopf:

»Die Marcelle und die Junie haben anscheinend nicht viel zu tun. Mädchen wie die werden nie einen anständigen Haushalt führen!«

Im Schutz seiner verblichenen Plane hat sich der Messerschleifer am Nachmittag hinter dem Stützpfeiler der Kirche eingerichtet, sein Feuer angezündet, den Suppenkessel aufgesetzt. Seine beiden Hunde, die unterwegs den Karren ziehen, bewachen jetzt den ganzen Kram. Auf einem Schild steht: »Warnung vor den Hunden, solange ihr Herr nicht da ist.« Er ist los, um im Dorf die Runde zu machen.

Da kommt er schon um die Ecke gebogen. Seine Jacke hat die Farbe modriger Mauern. Alt und kahl, trägt er die Sägen an seinem Arm aufgereiht und singt:

Amoula lei serre,
Lei serre e lei sarret,
Cin soù lei serre,
Quatre lei sarret.

Schleife Sägen,
Sägen und Messer,
Fünf Groschen die Säge,
Vier das Messer.

»Diesen Mann«, sagt die Berthe, »habe ich manchmal beim Bäcker gesehen. Er kauft trockenes Brot, das Brot für die Hühner, zum halben Preis.«

»Ich weiß«, antwortet die Pélagie. »Er weicht das Brot in Wasser ein, dann essen er und seine Hunde es.«

»Auguste«, sagt die Berthe wieder, »nimm die Säge hinter der Schuppentür, der Mann ist da.«

Die Pélagie, die jetzt die Spitze des kleinen Strumpfes strickt und die beiden glänzenden Nadeln, die sie nicht mehr braucht, in ihren schiefen Dutt gesteckt hat, sinniert:

»Kaum zu glauben, dass dieser Mann einmal im Jahr dort hochkam, ins alte Dorf, dreißig Jahre lang …«

Die Asse rauscht mit dem Wind um die Wette. Es regnet und schneit zugleich. Hagel prasselt gegen die Scheibe, fällt in den Kamin und auf den Ofen, der darunter steht. Der Wind drückt gegen die Tür, tobt durch die Scheune. Hin und wieder scheint das Haus unter einer Bö zu wackeln.

»Was für ein Wetter!«, sagt die Berthe.

Am Fenster stehend, beobachtet die Pélagie das Treiben des Kesselflickers. Der Arme, er hatte sich vorhin mit seinem ganzen Krempel unter den Nussbaum gesetzt, wo er den Boden vom großen Eimer des Flaminius ausbesserte, als das Unwetter ihn zwang, in den Schuppen vom Clermond zu flüchten. Er läuft mehrmals hin und her, schleppt unter einem Arm seine Werkzeugkiste, unterm anderen den alten Korb mit den Resten seiner Mahlzeit. Den Sack, der auf den Holzscheiten lag, als Kapuze übergezogen, rennt er die Töpfe und Löffel holen. Unterwegs fängt er an zu schnaufen. Der Rinnstein wird zum Bach, und er muss Eimer und Gießkannen einsammeln, die herumrollen. Jetzt ist er ganz durchnässt.

»Der kriegt was ab heute, der arme Teufel«, sagt die Pélagie.

»Bei dem Wetter kannst du nicht hochgehen«, antwortet die Berthe.

Der Auguste, dessen Sohlennägel Streifen auf den Fliesen hinterlassen, bekräftigt:

»Man würde keinen Hund vor die Tür jagen!«

Die Pélagie entgegnet unbeirrt:

»Das ist nichts, der Schnee schmilzt schon wieder.«

Der Schnee schmilzt nicht, er beginnt liegen zu bleiben. An den weniger nassen Stellen ist er schon zwei Finger dick. Schwarze, stufenförmige Wolken ziehen unterschiedlich schnell in verschiedene Richtungen. Es ist beängstigend … Der gesamte Himmel scheint unterwegs zu sein, von Süden nach Norden, von Norden nach Süden …

Die Suppe kocht sprudelnd und riecht gut nach Lauch, Kartoffeln, in Öl gerösteten Zwiebeln. Am Rand des Ofens, in dem ein Eichenscheit glimmt, rinnt der Kaffee Tropfen für Tropfen in die neue, blumenverzierte Kaffeekanne. Diese Kanne hat die Pélagie für sechs Ziegenkäse bei der Anna gekauft und ihnen zur Hochzeit geschenkt.

Die Berthe nimmt die Tassen. Im Stockwerk drüber hört man den Firmin herumgehen.

»Sag ihm Bescheid«, bittet die Berthe den Auguste, während sie den Kaffee eingießt.

Das Kind in der Wiege ist aufgewacht, lacht, brabbelt: agr … arr …, streckt einen Fuß unter der Wolldecke hervor, nuckelt an seinen Zehen …

Die Pélagie, die wie ein Hase immer nur mit einem Auge schläft, hört den Regen auf die Dachziegel prasseln und zündet die Kerze an. Ihre Knie sind steif, sie braucht eine Weile, um aus dem Bett zu kommen, in die festen Schuhe und den schweren Faltenrock aus grobem Wollstoff zu schlüpfen. Über ihren langärmligen Hanfkittel, dessen breiten Zugsaum sie fest geschlossen hat, wickelt sie den Umhang aus kratzigem, schwarzem Mohair.

Sie sieht den Sack in der Ecke und wirft ihn sich über den Kopf.

Das Dach vom Flaminius ist vor einer Woche eingestürzt, und als sie den Regen hörte, ist ihr der Gedanke gekommen, die Ballonflasche und die beiden großen Töpfe unter andere Traufen zu stellen.

Denn von dem Regenwasser, das sie auffängt, ist in den Krügen im Keller nicht mehr viel übrig. Das raubt ihr den Schlaf.

Die brennende Laterne in den großen Falten ihres Rocks bergend, hat sie die Tür geöffnet.

Die Nacht ist schwarz wie die Erde. Ein Schwall Regen, der ihr mitten ins Gesicht klatscht, nimmt ihr den Atem. Sie kann keinen Schritt tun, schließt die Tür sogleich wieder. Der Wind hat die Laterne ausgeblasen.

»Sei's drum, es wird schon noch mal regnen, es ist die Jahreszeit dafür, aber schade ist es doch um dieses Mal, ich hätte gut die Krüge füllen können. Morgen stelle ich den Kessel und die Ballonflasche unters Dach …«

Sie überlegt:

»Unter das vom Hilarion.«

Nachdem sie den Sack über den Stuhl gebreitet hat, wischt sie das Wasser, das beim Öffnen hereingekommen ist, mit einem Lappen in den Eimer. Sie hätte gute Lust, sich nicht mehr hinzulegen, doch sie fürchtet, dass die Nacht noch nicht weit genug fortgeschritten ist. Zudem müsste sie Feuer machen. Das Bett wiederum ist noch nicht kalt …

Sie legt sich hin, bläst die Kerze aus.

»Ganz gleich, ob ich kein Auge mehr zutue!«

Die halbe Kerze und das Holz verbrennen, das rechnet sich nicht.

Der Wind hat sich beruhigt. Die Pélagie hört nur noch den friedlichen Gesang des Regens, in dem das Rauschen der Asse untergeht. Ein schwerer, gleichmäßiger Regen, der die Luft rein, die Steine sauber, das Gras fett macht …

»Reichlich Regen, den brauchte es, nasses Wetter«, murmelt sie, »das wird den Linsen guttun.«

Trotzdem quält es sie, dass sie die Gefäße nicht unter die Dachrinnen gestellt hat.

Nach dem nächtlichen Regen sind die Berge so sauber, dass ein wenig Dunst sie beflecken würde, die Welt sieht aus wie neugeboren, rein wie ein Blatt, das sich eben aus der Knospe entfaltet hat.

Unten haben sich die Nebel ausgedünnt. Man sieht durch sie hindurch das neue Dorf.

Das schöne Wetter verstimmt die Pélagie, die im Türrahmen einen Brotkanten und etwas Zwiebel frühstückt, ohne sich auf den nassen, in der Sonne dampfenden Holzstumpf zu setzen. Es ist der Gott weiß wie alte Fuß eines Mandelbaums, in dem einige Spalten klaffen. Von der Rinde ist nichts mehr übrig. Mit seinen verschlungenen, in alle Richtungen verdrehten Wurzeln, die sich rund um den Stamm ausbreiten, seinen harten Astknoten und Stummeln, so schwarz und tot er sein mag, nach all den Frösten und Gluthitzen, die er durchgemacht hat, ist er noch immer hier, um von seiner unbeugsamen Liebe zur Erde zu zeugen.

Nachdem sie die Ziege losgebunden hat, geht sie ins Dorf, um die beiden Kessel und die Ballonflasche umzustellen.

Blaue Wolken hängen über Aix, man sieht die Hügel von Toulon nicht, und der Wind scheint ihr von Süden her zu kommen. Er weht stetig, ohne Böen und Stöße, ein schnell und gleichmäßig strömender Fluss.

»Es wird mehr Regen geben, das ist der Zugwind.«

Die Ziege bleibt stehen, um die Blätter der Weinreben abzufressen, die über den Schwellen der entseelten Häuser hängen. Zwischen den Ruinen beutelt der Wind Brombeerranken und

Feigenbäume, zaust die alte Ulme. Es klingt, als wäre das alte Dorf voller Brunnen …

Auf von wildem Lavendel, Geröll und Dornen verwischten Pfaden hat die Pélagie das Feld erreicht. Nahe der steil abstürzenden Schlucht gibt es eine Reihe verwilderter Apfelbäume, die ganz von jungen Trieben, Misteln und Geißblatt überwuchert sind. Sie sehen aus wie Büsche.

Die Pélagie schielt nach den unförmigen, wurmstichigen kleinen Äpfeln und nimmt sich vor, sie zu pflücken, wenn sie reif sind.

Sie gräbt den ganzen Abend lang, bis ihr schier das Kreuz durchbricht.

»Gebe Gott, dass es regnet!«

Sie fühlt sich steif wie ein Holzklotz.

Unten füllt der kalte Schatten bereits das halbe Tal der Asse, das kraftlose Licht ist oben auf die Nordhänge zurückgewichen. Groß wie ein Worfelkorb, stürzt die Sonne hinter die Erde. Man kann sie ansehen, ohne zu blinzeln.

Die Pélagie kehrt heim mit ihrer Schürze voll Kräutern. Ihre blutigen Hände sind so geschwollen, dass sie sie nicht schließen kann. An ihren brennenden Füßen scheint schwer die Erde zu hängen.

Die Ziege geht voraus. Das volle Euter mit den gespreizten Zitzen, das zwischen ihren steifen Beinen schaukelt, und die zu langen gespaltenen Hufe sind ihr dabei im Weg. Sie trödelt, hält an jedem Stein inne, doch die Pélagie hat nur freundliche Worte für sie.

Sie ist selbst zu müde, besorgt bei dem Gedanken, dass sie der Ziege noch die ganze Schüssel fette Milch abmelken muss. Sie kann es nicht erwarten, im Bett zu liegen, wo ihre Beine sie nicht mehr schmerzen.

Von den schwarzen Nordhängen erhebt sich heiseres Gebell, das das einträchtige Rauschen der Asse und des Windes zerreißt …

Einem Räuber gleich, muss es sie überfallen haben.

Mitternacht, die Stunden rinnen lautlos dahin, wie Wasser auf einer abschüssigen Wiese. Der Auguste und die Berthe und die Kleine in ihrer Wiege schlafen tief und fest.

Im Stall unten ein Radau.

Der Auguste setzt sich auf, macht Licht, ohne zu wissen, was ihn geweckt hat.

Warm, duftend wie ein Holunderstrauch am Ufer der Asse, liegt die Berthe auf dem Bauch, um sich her die Nadeln aus ihrem üppigen Haarknoten, der sich löst und herabgleitet wie schweres Wasser. Mitten in dem geraden, bloßen Rücken, die schöne Mulde, eine schattierte Linie, gleich einer Ackerfurche.

Er wandert mit seiner Hand über die kühlen Schultern, die feuchten, seidigen Achselhöhlen, deren Duft ihn benommen macht. An seine Frau geschmiegt, die Nasenflügel geweitet, atmet er schwer ihren Geruch ein, ist schon nicht mehr ganz wach … doch da, mit einem Ruck, sitzt er wieder und lauscht angestrengt:

Unten stampft das Maultier mit den Hufen, die Schafe blöken, der Hahn krächzt wie ein alter Gong, man hört Ketten rasseln.

Er rüttelt seine Frau.

»Berthe!«

Sie hat sich umgedreht.

»Was ist?«

Sie sind aus dem Bett gesprungen; die Berthe wirft sich nur das Kleid übers Nachthemd.

»Du wirst frieren, zieh dir Strümpfe an«, sagt der Auguste fieberhaft und findet seine Jacke nicht.

Sie stürzen die Treppe hinunter, der Luftzug bläst die Kerze aus.

Die Berthe tastet mit der Hand. Sie findet die Lampe an ihrem Platz auf dem Kamin.

»Die Zündhölzer?«

»Hinter der Zuckerdose! Ah! Sie sind hier in meiner Tasche!«

In dem Moment, da die Flamme aufleuchtet, trifft die Berthe zwischen ihre Brüste, genau in den Spalt des halb offenen Kleides, eine Ladung eiskalten Wassers. Sie zittert wie ein Schilfrohr am Fluss.

Durch den zementierten Ablauf im Fensterbrett ist das Wasser hereingespritzt wie aus einer Düse.

»Die Asse!«

»Die Asse ist über die Ufer getreten!«

Draußen ein Stimmengewirr wie auf der Kirmes, wie tosendes Wasser unter einer Brücke. Frauen schreien um Hilfe, Schafe rufen aus den Tiefen ihrer Eingeweide nach den ertrinkenden Lämmern. Alte hören ihre Knie aneinanderschlackern, als wären es Kiesel in der Asse, ihr Mut verlässt sie, sie würden sich forttreiben lassen wie Wasser …

Die Berthe stürmt zurück nach oben, stürzt, kommt mit dem Kind auf dem Arm wieder hinunter. Die Kleine, die nicht weiß, wo sie ist, reißt die schläfrigen Augen auf.

»Dein Vater!«, ruft die Berthe dem Auguste zu.

Da kommt er schon, so schnell er kann, der Arme. Halb nackt, zieht er ein Bein hinter sich her.

Mit kühlem Kopf und gespannten Muskeln organisieren der Auguste, der Clermond, der Félicien die Rettung:

»Nach Champfrais!«

Sie waten im Wasser. Frauen, Männer mit Kindern auf dem Arm gehen die steile Straße hinan. Alle folgen. Man hat die Ziegen, Pferde und Maultiere losgemacht, die sich selbst in Sicherheit bringen werden, treibt die Schafe voran. Die Schreie verstummen …

Sie vergessen auch die Freunde, Alten, Schwerhörigen nicht. Sie rufen nach ihnen:

»He! Siffrein! Sosthène!«

»Mélanie! Hilarion!«

»Aurélie!«

Sie werfen Steine an die Fensterläden.

Oben geht die Spitze des Zuges schon im Trockenen.

Der Trichaud trägt seine gelähmte Mutter in einer Decke.

Champfrais liegt am Hang. Es ist ein großes altes Gehöft, dessen Wiesen von Quellen getränkt werden. Seine Bewohner sind schon auf den Beinen. Männer, Frauen, Kinder, Schäfer, Knechte und Mägde machen sich zu schaffen. Im Saal, wo in der Tiefe eines Kamins, groß wie eine Hütte, zwei schwarze Mandelstämme vor sich hin glimmen, legt man Reisigbündel nach.

Sie haben die Tore der warmen Ställe weit geöffnet. Man reicht Lindentee, heißen Kaffee, mit Salbei aromatisierten gekochten Wein, Kräuterschnaps, Melissengeist, kurz, alles, was beruhigt und stärkt: Arquebuse, Eau de Carmes und Lazare.

Sie bringen Arme voll Decken und Umhänge, antworten zehnen auf einmal, eilen zum einen und zum anderen. Es sind brave Leute, die von Champfrais, sie weinen, zerreißen sich. Die Mutter vom Trichaud wird auf ein Lager gebettet, ein Mädchen legt warme Steine hinein. Man rubbelt die schlotternden Kinder, und die freundlichen Worte sind ebenso viel wert wie ein großes Feuer.

Der alte Firmin klappert mit den Zähnen, dass es zum Erbarmen ist. Der Auguste schiebt ihn nahe an den Kamin, zieht seine Jacke aus und gibt sie ihm.

»Ich glaube, die Kleine hat sich verkühlt«, sagt die Berthe, »sie ist ganz heiß.«

Mit dem Finger fühlt sie am Hals des Kindes, das sie nackt, in einen großen Flanellrock gewickelt, mitgenommen haben.

»Dich werden wir ausleiten müssen«, sagt die Dorothée zur Berthe. »Die Kälte und die Aufregung, das kann dir Milch und Blut mischen.«

»Uns sind neun Lämmer ertrunken«, fügt der Félicien hinzu. »Prächtige Milchlämmer. Die Mütter hättet ihr hören sollen …!«

Eine Sonne, die alles niederwalzt. Blasse, diesige Tage, Himmel und Erde ausgewaschen, die Bäume ertragen es nicht mehr. Die Feigen haben einen Sonnenstich, ihre Blätter hängen schlaff herab, und die Sträucher ringen nach Luft. Man schwitzt bei der kleinsten Bewegung.

Das Klappern der Dreschmaschinen skandiert die trägen Sekunden des Nachmittags …

Spät an diesem Abend hat die Pélagie den Rock gewechselt, ihr Haar glatt gestrichen. Sie hat kurz nach den Tieren geschaut und sich dann den Korb gegriffen.

Jetzt ist es nicht mehr allzu warm. Sie nimmt den steilen Weg, der zerklüftet ist wie der Boden der Schlucht und den sie in- und auswendig kennt. Selbst wenn sie die Augen schlösse, würde ihr tastender Fuß die sichersten Stellen finden.

Ein wenig zurückgesetzt, am Rand des Ackers, ergießt sich aus der großen Eiche, deren Stamm einem Felsen gleicht, ein schattiger Strom. Die weißen Tauben darunter könnte man für Sonnenflecken halten.

Vor Berthes Haus hängen die Windeln auf der Leine unter dem Maulbeerbaum. Die Kleine, die jetzt fünfundzwanzig Monate alt ist, reiht auf der Bank Kiesel und Keramikscherben aneinander, immer abwechselnd ein Steinchen und ein Stück Teller. Die Pélagie bleibt stehen, um ihr zuzusehen, und findet sie schon recht gescheit. Ein hübsches Baby ist dieses kleine

Mädchen, kräftig und glänzend wie eine Pflanze am Ufer! Sie hat ein Brüderchen von elf Monaten.

Sie lassen den schlafenden Jüngsten bei der Guite und ziehen zu dritt los in den Garten.

Auf der Gasse picken die Hühner zerteilte Kürbisse aus. Die kleinen Enten der Dorothée watscheln davon; ihre langen weichen Hinterteile ohne Federn wackeln im Matsch hin und her.

Vor dem warmen, stark riechenden Stall, sticht der Auguste den Misthaufen um.

»Geht's gut?«, fragt er die Pélagie.

Während die Frauen ihren Weg fortsetzen, ruft er ihr hinterher, dass sie Tomaten mitnehmen soll.

Sie betreten den Garten, der nach Klee und Wasser duftet, der nackten Asse, die in der Sonne singt. Ihre breite, wogende Flanke funkelt und bebt.

Die roten Zwiebeln sind beinahe tellergroß und ragen halb aus der Erde. Am Weinstock hängen Muskattrauben, mit Beeren, so prall wie Pflaumen. Der Auguste hat die Arbeit am Schuppen begonnen, den er mit Schilf decken und in dem er die Ernte einwintern will. Ein paar der riesigen Selleriestauden sind umgeknickt.

Die Berthe stopft Pélagies Korb mit halb reifen dicken gescheckten Bohnen und Tomaten voll. Sie will ihr das kleine Strohtäschchen auch noch füllen, doch die Pélagie lehnt ab.

Nebenan, auf dem Grundstück vom Hilarion, hängt der Birnbaum derart voll dicker gelbroter Früchte, dass man sich fragt, wie dieser Baum so viel Honig produzieren konnte. Schön wie das Evangelium. Pfähle stützen rundherum seine Äste.

Die Pélagie lässt den Blick über die gesamte fruchtbare Ebene schweifen, bis zu der Reihe Birken unten, deren weißes Laub wie Wasser zittert und glänzt.

Das ist wirklich üppig hier, sagt sie sich zum hundertsten Mal.

Sie geht hinein, um den Kleinen zu sehen, den die Guite aus der Wiege geholt hat. Er strahlt seine Mutter an, winkt ihr mit dem freien rechten Arm. Der linke Ärmel ist mit einer Sicherheitsnadel am Jäckchen festgesteckt, damit das Kind Rechtshänder wird. Am Handgelenk mit der kleinen Speckwulst hat es ein silbernes Armband mit zwei winzigen Eicheln daran. Es ist rosig wie eine Apfelblüte.

»Wie viele Tauben hast du?«, fragt ihn die Pélagie.

»Zwei! Zwei!«

»Wo ist der Chinese?«

Das Kind deutet zum Kalender.

Die Kleine transportiert auf Stühlen die groben Schuhe ihres Vaters.

Die Pélagie seufzt, während sie allein den schlechten Weg wieder hinaufgeht: Schon seit einer Weile scheint ihr die Berthe weniger zufrieden zu sein. Vielleicht ist der Auguste für seine Frau nicht mehr das, was er sein sollte …

»Die Zeit ist wie die Asse«, sagt sie, »sie hinterlässt Zerstörung auf ihrem Weg.«

Hinter den plötzlich aufragenden Ruinen breitet der frische Abend in der übergroßen sinkenden Sonne seine Reichtümer aus. Die Luft ist jetzt herrlich, man lebt wieder auf.

Einsam, handtellergroß, ist am noch hellen Himmel bereits der größte Stern erschienen.

Rosines zierlicher Körper krümmt sich unter dem Gewicht des großen Eimers, aus dem das Wasser auf ihre Knöchel schwappt. Vom Brunnen bis zu ihrem Stall ist es weit.

»Warum musst denn du den Tieren zu trinken bringen?«, fragt die Berthe.

»Was soll ich machen? Der Florimond ist ein großer Faulpelz. Wenn er erst mal beim Kartenspiel sitzt … auch auf die Weide führe ich sie.«

»Das ist keine Arbeit für eine Frau. Es ist wie bei der Guite, immer sägt sie das Holz, oder bei der alten Madeleine, dabei hat sie zwei Männer im Haus.«

Die Rosine setzt den Eimer an der Mauer ab, streckt sich, holt Luft, ehe sie hinzufügt:

»Vom Florimond hätte ich nie gedacht, dass er der König der Selbstsüchtigen ist. Wenn ich überlege, wie er mir bei allem geholfen hat, als wir frisch verheiratet waren. Er hackte mir sogar die Kräuter …«

Lachend erwidert die Berthe:

»Das ändert sich!«

Mehr sagt sie nicht.

Der Auguste schert sich ums Haus wie um einen Stock auf dem Wasser. Zerstreut, weiß er nie, was sich wo findet, gerade so, als würde er gar nicht dort wohnen. Im Übrigen ist er auch nicht oft da. Und die Berthe hat schon bemerkt, dass er nur die Guite im Kopf hat. Kehrt immer als Letzter heim, aber sie braucht nur für eine Handarbeit herüberzukommen, dann schaut er vorbei. Der Berthe ist klar, dass, wenn die Guite wollte ... Er ist so verlässlich wie die Asse!

Unnahbar gegenüber seiner Frau, nennt er sie schon lange nicht mehr »Berthe«, besonders vor den anderen, bloß noch: »du« oder »hör mal«. Wenn er über sie spricht, sagt er »sie«. Mit der Guite ist es anders: Guite hier, Guite da ...

Letztes Jahr erst, da war er ganz verrückt nach der Rosine Arnaud, konnte weder schlafen noch essen, es war zum Erbarmen, er vernachlässigte seine Arbeit, wusste nicht, wohin mit sich, machte nichts richtig, scherte sich einen Dreck um alles, betäubte sich mit Alkohol und Kartenspiel bis elf Uhr nachts, um dann gegen Mittag aufzustehen, dem Morgengrauen der Drückeberger ...

Oft schlechter Laune, wirft er der Berthe vor, sein Hemd sei zu feucht gebügelt, die Säcke fürs Korn noch nicht ausgebessert oder was auch immer. In einem fort gängelt er seine Frau wie ein reißender Fluss seine Kiesel. Sie gehen aneinander hoch.

Ein Trümmerfeld, gleich den Schluchten des Hügels, liegt mittlerweile zwischen ihnen.

Ist das das Leben?, fragt sich die Berthe. Ist das die Ehe?

Manchmal erwidert die Pélagie:

»Was willst du? Man dürfte gar nicht heiraten, denn dann zeigen dir die Männer ihr wahres Gesicht. Aber wozu sich grämen? Da ist nichts zu machen. Die Natur kann man nicht verändern, du wirst die Weide nicht daran hindern, am Fluss zu wachsen, und willst am Haselstrauch keine Kirschen pflücken!«

Ein Lächeln entblößt Pélagies Zahn in der schwarzen Mundhöhle.

»Die Männer sind immer mürrisch, nie zufrieden. Ich weiß, was sie bräuchten, um zufrieden zu sein ...«

»Was bräuchten sie denn?«

»Alle zwei Jahre eine neue Braut …«
In Berthes Augen glänzen zwei große Tränen wie Sterne.
»Lass gut sein, mein Kind, lass nur die Zeit verstreichen …!«

Morgens weckt sie das Gepolter vom alten Firmin über ihren Köpfen: Man hört die Ofenringe, hört, wie er Holz sägt, schlurft, den Stuhl verrückt, manchmal fällt ihm der Schürhaken auf die Fliesen.

Nachts behält er seinen Rohrstock neben dem Bett, und die Berthe oder der Auguste schärfen ihm ein:

»Wenn in der Nacht irgendetwas sein sollte, dann klopfen Sie.«

An diesem Morgen denkt die Berthe, während sie in der Küche zugange ist, dass der Firmin wohl noch nicht aufgestanden ist …

»Auguste, hast du deinen Vater heute morgen schon gesehen?«

»Nein, warum?«

»Es kommt mir so vor, als hätte er sich noch gar nicht gerührt …«

Der Auguste ist schon die Treppe hinauf, seine Frau hinterdrein. Er reißt den Fensterladen auf.

Der Firmin liegt da und will sprechen, doch es gelingt ihm nicht. Als hätte er den Mund voller Bohnen. Der Auguste beugt sich über ihn.

»Ein Schlaganfall …«

Der Stock ist ans Fußende des Bettes gerollt. Darunter ist es voller Wollmäuse und alter Schuhe, die den Schnabel aufsperren, unter einer dicken Staubschicht.

Nach seiner Krankheit, die drei Monate dauerte, war der Firmin nur noch wie ein Stück Treibgut auf dem Wasser. Die Kinder nahmen ihn zu sich.

»Er ist ganz umgänglich«, sagt die Berthe.

Am Fenster sitzend, einen flachen Stein aus der Asse auf den Knien, knackt er Mandeln, nur um der Schalen willen, die gut brennen und Feuerholz sparen.

Wenn ihm die Glieder steif werden, geht er ein paar Schritte durch die Küche, raucht neben dem Feuer.

Kommt die Pélagie herunter, dann hält er sie gern auf mit einem Schwätzchen über das alte Dorf und wiederholt dabei hundert Mal die gleichen Geschichten.

»Euch macht es Spaß, über den Regen vor vierzig Jahren zu reden«, sagt der Auguste zu ihm.

Der Firmin klopft auf der Herdplatte seine Pfeife aus, holt die Schweinsblase mit dem Tabak aus seiner Tasche. Während er kräftig an der Pfeife zieht, verschwindet sein zahnloser Mund ganz zwischen der Nase und dem hageren Kinn, die dürren Wangen sinken ein, scheinen einander zu berühren, und in seine Lippen, die runzlig sind wie alte Rüben, graben sich tiefe schwarze Furchen.

Im Winter hat er auf den Händen Geschwüre und Ausschläge, die nicht heilen. Ab und zu legt er ein Spinnennetz darauf, das er mit seinem Stock von der Stalldecke angelt. Die Berthe bemüht sich, ihn zu überzeugen, dass der Taubendreck es nur schlimmer machen wird.

»Der Firmin gefällt mir nicht«, sagt die Pélagie. »Ich weiß nicht, was das geben soll, er ist kreideweiß … Ich glaube, es geht mit ihm bergab.«

Sonnenhungrig lauert er auf die schönen Tage hinter dem Hügel, die heiteren Stunden zwischen den Wolken, um sich draußen beim Schuppen vom Clermond Gilly sein Plätzchen zu suchen. Wenn der Schatten wandert, verrückt er den Stuhl, folgt der Sonne. Ihm wird kaum noch warm, zur Erntezeit ist er eingepackt wie bei Eis und Schnee. Seine Augen erinnern schon an verdorbenes Fleisch.

Nur die Alten kommen noch zu ihm und reden mit ihm. Die Jugend hält sich fern, bleibt unter sich. Das Wasser hat den Deich unterspült, es fehlt nicht mehr viel, dass er bricht … Manchmal saust es ihm in den Ohren und er meint in der Ferne Wasser tosen zu hören, er friert bis ins Mark, fühlt sich wie ein Grashalm unter der Sense … Er, der für vier anpackte, eine ganze große Wiese in einem Zug abmähte, stramm wie eine Esche am Ufer, rot wie ein Ziegel, der wie ein Hengst hinter den Frauen herwieherte, er nun, der Firmin, ist bloß noch ein gebrochenes Schilfrohr.

»Ich hab nur noch Hühnerblut in den Adern«, sagt er.

Oft stürzt er. Die Straße zu überqueren ist schon ein Unterfangen. Der Arme, den ganzen Sommer über plagten ihn die Fliegen.

Er ist nur acht Jahre älter als die Pélagie, doch man meint, es lägen zwanzig zwischen ihnen.

»Sie«, sagt er oft zu ihr, »Sie kommen und gehen, Sie halten sich gut, während ich morsch bin, ich tauge nichts mehr. Ich hab eine Menge Jahre auf dem Buckel, ich bin alt genug, um einen Toten abzugeben.

Allerheiligen.

Ein aschfarbener Himmel schleift auf der Erde. Schäfchenwolken drängen sich aneinander wie eine fröstelnde Herde: Man spürt den Schnee dort oben, große Schneemassen, zusammengepfercht im undurchdringlichen Himmel. Kein Luftzug regt sich, und das Rauschen der Asse übertönt alles. Ein halbes Dutzend Elstern beratschlagen im schwarzen Maulbeerbaum und scheinen umziehen zu wollen.

Der Flaminius, der ziemlich alt geworden ist, überquert den Platz. Aus der aufklaffenden Tasche seiner Jacke zieht er das große blaue Schnupftuch, hustet, räuspert lautstark zähen Schleim heraus.

Oben lehnt sich das gestaffelte alte Dorf mit seinen schneebekränzten Ruinen an den kompakten Himmel, der starr ist wie ein gefrorener See.

Von seiner Küche unten im Dorf aus sieht der Clermond Gilly dort oben an der Ecke eines ausgeweideten Hauses einen Tragebalken herabhängen. Es ist dasjenige, in dem seine Mutter drei Tage im Sterben lag …

Unten hat es ebenfalls geschneit, aber der Schnee ist geschmolzen, nur auf halber Höhe des Hügels liegt er noch.

Chrysanthemen-Sträuße in den Armen, folgen einander auf dem matschigen, klebrigen Weg die alten Frauen: die Dorothée, die Mélie vom Justin, die Augustine Amiel, die Mélanie und die Phrasie Trichaud, die hinfälligste von allen.

Auf dem neuen Friedhof gibt es kaum Gräber. Die Dorothée richtet das der Agnès. Man rückt Perlenkränze gerade, hebt ein heruntergefallenes Porträt oder eine Vase auf. Es ist zu nass, um sich um die Pflanzen zu kümmern oder auch nur die Flusskiesel rund um die Beete wieder ordentlich aufzureihen. Die Frauen konnten kein Moos bringen, sondern nur, zusammen mit den Chrysanthemen, ein paar Kiefern- und Olivenzweige.

Die Dorothée entfernt die verwelkten Nelken, dann füllt sie die Tonvase mit frischem Wasser und stellt die Blumen hinein, die sie auf einem vom Regen blank gewaschenen Queckenbüschel abgelegt hatte.

Mit einem Mal beginnt das alte Dorf zu schreien …!

Es ist wie ein Husten … das erstickte Röcheln eines Sterbenden …

Die Frauen haben den Kopf gehoben; vor Schreck wirft die Dorothée die volle Vase um.

Alle fünf sehen einander an: Es ist die Pélagie da oben, die das macht. Jetzt fällt ihr schon ein, die Totenglocke zu läuten, die mit dem Sprung, deren Stimme durch den Schnee noch heiserer klingt, anders …

Die Mélanie kann nicht an sich halten und beginnt zu schluchzen. Die anderen stimmen mit ein.

»Wie kommt sie denn bloß darauf, so zu läuten?«, sagt die Augustine Amiel.

»Als ob wir anderen jedes Jahr vergessen würden, die Gräber dort oben zu besuchen!«

»An manchen Tagen ist sie nicht mehr ganz bei Trost, die Pélagie.«

»Es geht mit ihr bergab.«

»Besonders seit dem letzten Sommer.«

»Als der Regen zehn Wochen lang ausblieb, es tagsüber heiß wurde wie in einem Backofen und sie die Ziege loswerden musste ...«

Sie haben den steinigen Pfad eingeschlagen, der halb von Ginster und Wacholder zugewuchert ist. Man erkennt ihn kaum noch, ein Elend ist das.

Die Phrasie schnauft, hält an jeder Biegung inne, die anderen ebenfalls, um auf sie zu warten.

»Zwei Nächte hintereinander habe ich von meiner armen Mutter geträumt«, sagt die Mélie vom Justin.

»Wenn man von seinen Toten träumt, dann hat es was zu bedeuten, sie wollen etwas.«

»Diese Woche lasse ich ihr bestimmt die Messe lesen.«

Sie holt ihren Rosenkranz hervor und beginnt mit den *Ave*.

Oben, bei den ersten Häusern, erwartet sie die Pélagie, die sich schön herausgeputzt hat.

Der Schatten am Boden ist mit Raureif getüncht.

Auf den Bergen von Digne hat die Nacht frischen Schnee hinterlassen. Blauer Himmel stürzt auf den Grund der Täler.

Vor der Tür ist der Rinnstein gefroren, die Luft ist ganz still und brennt. Dabei strahlt die Sonne seit einer guten Stunde.

»Wie ist das Wetter?«, fragt die Berthe den Auguste, der die Tiere tränken war.

»Vielleicht wird es später noch schön, aber gerade ist es eisig.«

Nachdem sie draußen war, um die Windeln hereinzuholen, die sie vergessen hat, und die steif wie Stockfische an der Leine auf der Terrasse hängen, kommt sie ohne Wäsche, aber mit einem komischen Gesicht wieder herein.

Der Auguste denkt, das liegt an der Kälte.

»Was ist los?«

Sie zieht ihn auf die Terrasse und weist ihm mit dem Finger, dort oben, im Vordergrund der von strahlender Sonne beschienenen Ruinen, das Haus ihrer Großmutter. Der Auguste hat verstanden: Der Laden ist geschlossen, aus dem Kamin steigt kein Rauch auf. Jeden Morgen geht die Berthe hinaus, um danach zu sehen. Sie ist ganz durcheinander, lässt das Umschlagtuch, das sie gerade aus dem Schrank geholt hat, auf dem Stuhl liegen, macht kehr, geht ins Schlafzimmer und kommt gleich wieder heraus, mit glühenden Wangen.

»Ich weiß nicht mehr, was ich holen wollte …«, sagt sie.

Auguste schenkt ihr in die Tasse, aus der sie gerade Kaffee getrunken hat, ein wenig Schnaps ein. Er redet ihr zu:

»Was willst du? Es kommt, wie es kommen muss. Und wir wissen ja noch gar nicht, ob wirklich etwas Schlimmes ist.«

Er läuft die Dorothée holen, informiert sie: Die Pélagie hat oben den Laden nicht geöffnet, kein Feuer gemacht, es könnte ihr was passiert sein.

»Versorgen Sie die Kinder«, sagt die Berthe, die sich zusammengerissen hat, »geben ihnen zu Essen. Ich war gerade dabei, dem Kleinen seinen Grießbrei zu machen … Der Auguste und ich gehen rasch hinauf. Und vergessen Sie bloß den armen Firmin nicht.«

»Warte, ich sag noch schnell dem Clermond Bescheid!«

»Denken Sie dann auch daran, die Anna zu benachrichtigen. Rufen Sie die Rosine, dass sie zu ihr geht, oder die Guite.«

Alle drei – der Clermond wollte sie begleiten – steigen mit großen, eiligen Schritten hinauf. Der Berthe schlägt das Herz vor Aufregung bis zum Hals. Das alte Dorf taucht auf, entzieht sich ihren Blicken. Die Berthe sieht wie im Wahn nichts als das Haus mit dem kleinen verschlossenen Fensterladen … das Haus, in dem sie geboren wurde, in dem ihre Mutter gestorben ist … Die Luft ist wie Felsenwasser. Der Himmel erhebt sich weit und leicht über den vergoldeten Ruinen, ein tiefer Himmel, ausgedehnt bis Gott weiß wohin … Weiter unten drückt er die Erde an seinen blauen Leib, ab Riez, Gréoux und bis zu den letzten Hügeln von Aix und Toulon.

Sie sprechen kaum. Der Clermond überlegt:

»Sie war schon recht hinfällig in letzter Zeit, die Pélagie.«

Verwundert schauen der Auguste und die Berthe sich an. Ihnen, die sie öfter sehen, kam es nicht so vor. Noch am vorigen Tag war sie bei ihnen, um der Berthe beim Wenden der Matratzen zu helfen!

»Wie alt ist sie genau?«

»Bald sechsundsiebzig.«

»Das Alter hätte sie.«

Der Satz klingt für die Berthe wie Totengeläut.

Die Türe ist von innen verschlossen. Sie schlagen mit der Faust dagegen. Sicher, dass niemand öffnen wird, legt die Berthe die Lippen an den Spalt und ruft, wie Wasser zitternd und mit ganz veränderter Stimme:

»Großmutter! Mach auf, wir sind es!«

Der Clermond bricht mit dem Stemmeisen, das er dabeihat – weder die Berthe noch der Auguste hätten daran gedacht – den kleinen Fensterladen auf, dessen altes, leichtes Holz birst. Dann, nachdem er eine Scheibe eingeschlagen und den Arm hindurchgeschoben hat, um das Fenster zu öffnen, springt er hinein.

»Ich schließe euch die Tür auf.«

Das eisige Zimmer ist aufgeräumt, doch es riecht muffig, nach säuerlichem Ausguss und altem Schmutz. An der Wand, in einer Ecke, liegt die Pélagie auf der brettdünnen Matratze. Ihre Hände fahren über die Decke, als würden sie nach etwas tasten. Sie spricht.

Über sie gebeugt, das Ohr auf ihre Lippen gelegt, versteht die Berthe kein Wort. Sie erscheint ihr so schwach, dass sie die Tränen nicht zurückhalten kann, während sie die herabgerutschte Decke zurechtzieht, ihr den großen Schal über die Füße breitet … ihre Hände streichelt, die trocken und rau sind wie Staub …

Der Auguste sagt:

»Es geht zu Ende.«

Er hat schnell Feuer gemacht. Der Clermond, der nicht weiß, wie er die Berthe trösten soll, wiederholt ein ums andere Mal:

»Sowas ist schwer zu ertragen … wenn es die eigenen sind …«

Die Augen der Pélagie sind starr auf den kleinen, in Herbstfarben leuchtenden Flaschenkürbis gerichtet, den ihr Berthes Tochter geschenkt hat und der zwischen der Öllampe und dem Fässchen für das grobe Salz auf dem Kamin steht. Manchmal regt sich ihr Blick, ein Blick, den die Berthe nie bei der Pélagie gesehen hat: ein böser Blick.

Die Anna ist gerade hereingekommen. Die Pélagie ist nur ein Jahr älter als sie, die beiden ähneln sich wie ein Ei dem anderen. Die jüngere betrachtet ihre Schwester, sieht sich selbst dort liegen, und bricht in Tränen aus.

Es gibt ein paar Ritzen in der Wand, durch die wohl ein Luftzug kam. Die Pélagie hat sie mehr recht als schlecht mit Papier zugestopft.

Der Raum ist bereits voller Frauen. Sie haben der Sterbenden zwei heiße, mit Tüchern umwickelte Steine ins Bett gelegt, einen an die Seite, einen zu den Füßen. Sie lehnt den Lindentee ab, den die Mélie vom Justin ihr einflößen möchte.

Der Pfarrer tritt ein.

Der feindselige Blick der Pélagie jagt der Berthe Angst ein.

»Man erkennt sie gar nicht wieder«, sagt die Sophie. »Wie doch das Leid die Menschen verwandelt.«

»Solche Momente sind schrecklich«, sagt die Guite, »das kann niemand verstehen, der es nicht selbst durchmacht.«

Die Pélagie röchelt … Manchmal scheint sie von weither zurückzukehren, mit verzerrten Zügen und einem Ausdruck solchen Schreckens im Gesicht, als wäre sie von brüllenden Wassern umzingelt … Der Berthe, die sie nicht aus den Augen lässt, treibt es den Angstschweiß auf die Stirn. Sie fleht zu Gott, der Lilien und Zypressen erschaffen hat, ja befiehlt ihm fast, ihr seinen Deich oder seinen Fels zu bieten …

Im Küchenschrank gibt es Zucker, Öl, ein halbes Brot, einen geputzten und zerteilten Lauch. Vor der Tür einen Haufen Reisigbündel. Die Pélagie hat Äste, so dünn wie ihr Handgelenk, gesägt und gestapelt. Schwere Scheite für eine ordentliche Glut, große Scheite, die eine Stunde oder länger im Ofen brennen, gibt es keine. Das erschüttert die Berthe, die wieder ans Bett tritt, zitternd bei dem Gedanken, dass der Auguste längst hochkommen und ihr den toten Mandelbaum ausreißen und hacken sollte. Er hat es immer wieder aufgeschoben …

»Hätte ich sie doch überzeugen können, dass sie zu uns hinunterzieht«, sagt sie.

»Das wäre dir nicht gelungen!«

»Wer weiß? Wenn ich es besser angestellt hätte …«

»Ganz gleich, was man tut«, sagt die Mélanie Ricard, »der Tod hinterlässt immer Bedauern.«

Die Pélagie schrie zwei Mal. Im Moment ihres Todes glühte sie und war schweißgebadet. Eine Hand auf den heißen Lidern, hielt die Berthe, an ihren Busen gelehnt, den Kopf, der schwer wie ein Stein herabfiel … Die brüllenden Wasser hatten den alten Baum fortgetragen …

Die Guite wienerte die groben Rindslederschuhe.

»Hat sie keine feineren?«, fragte sie leise.

Die Berthe schüttelt den Kopf. Quer über dem Bett liegend, weint sie in Pélagies Schoß, deren Hand in ihrer langsam erkaltet. Es fühlt sich für sie an, als würde sich eine Türe schließen …

Jemand hat schon ein weißes Tuch über den Tisch gebreitet, den Leuchter und das geweihte Wasser mit dem Olivenzweig aufgestellt, die Kerze entzündet. Man hat den kleinen schiefen Spiegel abgehängt und umgedreht. Es kamen immer mehr und mehr Leute. Einige standen draußen in der Sonne, weil es drinnen voll war.

Die Tote lächelt jetzt ihr schönstes Lächeln, das ihre Züge erhellt. Die Berthe fühlt sich wie ein Zweig im Morgentau, sie fühlt sich befreit. Ist sie nicht endlich auf der grünen Aue angekommen, unter weißen Espen, im Duft der Knospen und stillen Wasser …

Zu Beginn des neuen Frühlings ist der alte schwarze Mandelbaum wieder erblüht …

»Nie hätte ich gedacht, dass die arme Pélagie dem Firmin noch zuvorkommt«, sagt die Mélanie. »Seit vier Monaten ist er nicht mehr aufgestanden.«

»Wie lange hat sie hier allein gelebt?«, fragt die Augustine Amiel.

»Seit die Berthe geheiratet hat, vor bald sechs Jahren …«

»Kaum zu glauben, dass sie gestern noch unten war, um mit anzupacken. Wirklich, wir sind nichts.«

»Wir sind bloß Schaum auf dem Wasser …«

Viele Männer sind gekommen, die kaum etwas sagen, um ihre Rührung zu verbergen. Sie sind weniger hier, um von der Pélagie Abschied zu nehmen, als vom Dorf.

»Ich bin seit mindestens drei Jahren nicht mehr hier oben gewesen«, sagt der Clermond.

»Seit meine vier Olivenbäume eingegangen sind und ich sie ausgerissen habe, bin ich nicht mehr heraufgekommen«, sagt der Sosthène.

»Wenn man überlegt, dass wir alle hier geboren wurden«, fügt der Flaminius hinzu.

»Und unsere Eltern hier gestorben sind.«

»Es war ein Dorf wie jedes andere, voller Leben, turbulent wie die Asse!«

»Ebenso gut wie ein anderes.«

»Die Steine reden. Es bricht einem das Herz.«

»Und nun ist das letzte Feuer erloschen …«

Die Rosine beugte sich über die Pélagie.

»Sie ist eine schöne Tote, sie lächelt …«

Zusammen mit dem Clermond, der Sophie und der Mélie vom Justin hielt die Berthe die Totenwache. Man brachte ihnen etwas zu essen hinauf. Die Sophie kochte Kaffee.

Das trübe Geschirr der armen Pélagie riecht nach Hund.

Auf das erstarrte Lächeln der Toten deutend, gab sich die Berthe ihrem Kummer hin und sagte zu den Frauen:

»Seht, wie sie dahingeht …«

Vier junge Frauen, die Guite und die Rosine, die Marcelle und die Junie tragen den Sarg hinunter zur neuen Kirche. Er ist mit Nelken geschmückt.

Der Weg nach oben ist mühsam, rutschig. An den Biegungen des Heiligenhäuschens und der Eberesche müssen die Männer mithelfen.

Ein schlaffer Wind hat sich erhoben, und das Wetter hat sich eingetrübt. Über dem Mont Denier Wolken, dick wie Weinschläuche und so kompakt, so scharf umrissen, dass man meint, sie mit Händen greifen zu können.

Schweigend nimmt der Zug den abschüssigen Pfad zurück.

Hoch über dem entseelten Dorf der alte Friedhof, für immer geschlossen, mit seinen ramponierten, durchgeschüttelten Zypressen. Das neue Kreuz auf der frisch aufgeworfenen Erde breitet seine Arme aus über den Ruinen, zwischen denen der Wind Feigen und Brombeersträucher peitscht.

Die Asse ist angeschwollen, seit zwei Tagen treibt sie es bunt. Ihre Stimme droht …

Maria Borrély
Mistral

Roman

Maria Borrély
Mistral
Roman
Aus dem Französischen von Amelie Thoma
128 Seiten
Gebunden
ISBN 978-3-98568-069-6
Auch als E-Book erhältlich

Ein malerisches Dorf in der Haute-Provence zu Beginn des vergangenen Jahrhunderts: Marie ist glücklich im Kreise ihrer Familie. Sie ist schön, sie ist jung, sie strahlt. Aber eines Tages kreuzt ihr Weg den von Olivier. Sie küssen sich, doch dann geht er weg. Wie eine Naturgewalt ergreift das Schicksal Besitz von Marie.

Die Wiederentdeckung eines vergessenen Schatzes der französischen Literatur in grandioser Neuübersetzung. Eine Verbeugung vor der zornigen Natur, dem einfachen Leben und dem weiblichen Mut.

»So schön hat selten jemand hingehört, wenn der Wind einem das Haar zerzaust.«

Ulrich Rüdenauer, TAGESSPIEGEL

»Die Protagonistin dieser beeindruckenden Erzählung aber ist die Natur selbst. Für ihre Darstellung verfügt Maria Borrély über einen immensen Einfalls- und Vokabelreichtum.«

Christoph Schröder, SWR2 LESENSWERT KRITIK

»Die Geschichte eines sinnlichen Erwachens, einer ersten Liebe – hab ich so noch nicht gelesen. Hallt nach.«

Nicole Seifert, NACHT UND TAG BLOG

kanon verlag

Stine Pilgaard
Meter pro Sekunde

Roman

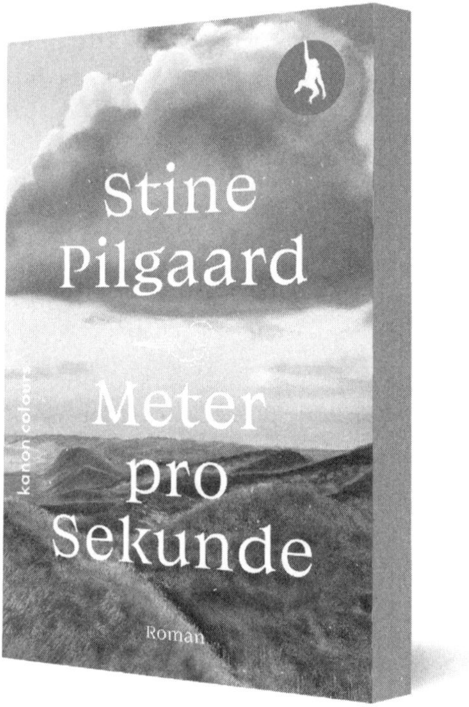

Stine Pilgaard
Meter pro Sekunde
Roman
Aus dem Dänischen von Hinrich Schmidt-Henkel
256 Seiten
Broschiert
ISBN 978-3-98568-077-1
Auch als E-Book und Audiobuch erhältlich

Kühe, Windräder und die sonderbare Welt einer Internatsschule: Eine junge Mutter zieht mit Mann und Baby nach Westjütland, ins »Land der kurzen Sätze«. Eine einfache Unterhaltung wird für sie zum Wagnis, und das Leben selbst ist auf einmal voller Hindernisse. Mutterschaft, Ehe und Fahrprüfung: alles kaum zu schaffen. Doch als sie Kummerkasten-Redakteurin bei der lokalen Zeitung wird, ändert sich ihr Leben, und der Himmel bricht auf.

In Dänemark war »Meter pro Sekunde« der erfolgreichste Roman der letzten Jahre. Seine besondere Mischung aus Humor, Menschenfreundlichkeit und Sprachkunst macht ihn zum Buch unserer Tage.

»Man verliebt sich geradezu in die Autorin und in diese schräge Person, die sie erfunden hat.«

Annemarie Stoltenberg, NDR

»Man lacht, man möchte sich die besten Sätze anstreichen oder laut vorlesen: Meter pro Sekunde gehört zu jenen Büchern, die man immer wieder hervorholen möchte.«

FREUNDIN

kanon verlag

Stine Pilgaard
Meine Mutter sagt

Roman

Stine Pilgaard
Meine Mutter sagt
Roman
Aus dem Dänischen von Hinrich Schmidt-Henkel
192 Seiten
Gebunden
ISBN 978-3-98568-031-3
Auch als E-Book und Audiobuch erhältlich

Nachdem die Ich-Erzählerin von ihrer langjährigen Freundin verlassen wird, muss sie zurück zu ihrem Vater ziehen, einem Pfarrer und Pink-Floyd-Fan. Während sie auf ebenso komische wie verzweifelte Art versucht, ihre Ex zurückzugewinnen, wird sie von Freunden und Familie mit Ratschlägen traktiert. Vor allem ihre Mutter bedrängt sie mit zweifelhaften Lebensweisheiten. Doch allmählich lernt sie, zu trauern, ihre inneren Widersprüche zu akzeptieren, laut, betrunken und auf ihre eigene Art weise zu sein.

Das sprühende Debüt der erfolgreichsten dänischen Schriftstellerin unserer Tage. Witzig und warm schreibt Pilgaard über Liebe, Familie und das Alleinsein. Und darüber, wie wir uns doch mit Worten umsorgen.

»Ein wunderbares Buch, ein hinreißendes Buch. Richtig großes Sprachtheater.«

Meike Feßmann, DLF KULTUR

»Pilgaards Stimme ist absolut unverwechselbar: komisch, klug, anrührend, dreckig und immer etwas verloren – Pilgaard hat einen ganz eigenen Blick auf die Welt.«

BRIGITTE

kanon verlag

Stine Pilgaard
Lieder aller Lebenslagen

Roman

Stine Pilgaard
Lieder aller Lebenslagen
Roman
Aus dem Dänischen von Hannes Langendörfer
208 Seiten
Gebunden
ISBN 978-3-98568-088-7
Auch als E-Book und Audiobuch erhältlich

Aarhus, heute: Ein Paar Ende Zwanzig kann sein Glück schier nicht fassen: Endlich die erste »richtige« Wohnung nach den Studentenzimmern der Uni-Zeit. Doch das Leben in einem Genossenschaftshaus mit vier Generationen unter einem Dach entwickelt rasch seine ganz eigene Dynamik. Als sich herumspricht, dass die Ich-Erzählerin ein Talent zum Dichten von Gelegenheitsliedern hat, die in Dänemark bei allen möglichen Feiern und Anlässen ein Muss sind, stehen die Nachbarn Schlange. Sie erzählen der Neuzugezogenen ihre (Liebes) Leben. Mit ihren Liedern schenkt sie den Hausbewohnern den feinen, roten Faden, der ihren Leben und Schicksalsschlägen den ersehnten Sinn verleiht. – Ein zauberhafter Roman, der das menschliche Miteinander besingt.

»Stine Pilgaard huldigt dem Alltag und feiert die kleinen Dinge.«

NEUE ZÜRCHER ZEITUNG

»Ein schönes Buch, gut geeignet für Krisenzeiten.«

Katja Weise, NDR

kanon verlag

Die Übersetzerin dankt dem Deutschen Übersetzerfonds für die großzügige Förderung der vorliegenden Arbeit durch ein Aufenthaltsstipendiums für das Collège International des Traducteurs Littéraires in Arles.

Dieses Buch erscheint im Rahmen des Förderprogramms des französischen Außenministeriums, vertreten durch die Kulturabteilung der französischen Botschaft in Berlin.

INSTITUT FRANÇAIS
Deutschland

ISBN 978-3-98568-113-6

1. Auflage 2024

Umschlaggestaltung: Ingo Neumann / boldfish.de
Unter Verwendung einer Illustration von Aleh Varanishcha »Illustration of beautiful view of Gordes«, France,

Herstellung: Daniel Klotz / Die Lettertypen
Satz: Ingo Neumann / boldfish.de
Druck und Bindung: Pustet, Regensburg
Printed in Germany

www.kanon-verlag.de